LAZOS DEL PASADO

OLIVIA GATES

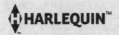

W9-DAS-492

HARLEQUIN™

Editado por Harlequin Ibérica.
Una división de HarperCollins Ibérica, S.A.
Núñez de Balboa, 56
28001 Madrid

I.S.B.N.: 978-84-687-6635-5
Depósito legal: M-22538-2015
Impresión en CPI (Barcelona)
Fecha impresion para Argentina: 11.4.16
Distribuidor exclusivo para España: LOGISTA
Distribuidor para México: CODIPLYRSA
Distribuidores para Argentina: Interior, DGP, S.A. Alvarado 2118.
Cap. Fed./Buenos Aires y Gran Buenos Aires, VACCARO HNOS.

Capítulo Uno

Richard Graves ajustó su sillón eléctrico, bebió un sorbo de bourbon y le dio al botón de pausa.

La imagen se congeló. Murdock, su mano derecha, lo había grabado mientras seguía a su objetivo a pie. La calidad de la filmación dejaba mucho que desear, pero la claridad del fotograma le hizo esbozar una sonrisa.

Solo cuando la miraba sentía una sonrisa en los labios. Solo cuando la miraba sentía emociones de alguna clase. Ahí estaba, con su hermosa figura, ese paso rápido, ese rostro animado, el cabello color azabache…

Debían de ser emociones lo que sentía, pero tampoco lo tenía claro. Lo que recordaba haber sentido en la juventud quedaba ya tan distante… Era como si hubiera oído hablar de ello, como si otra persona se lo hubiera contado. El chico que había sido alguna vez se había unido a la organización, un cártel criminal que secuestraba a niños y que los convertía en mercenarios imparables, duros como el hierro.

Aun así, ninguno de ellos se parecía al monstruo despiadado por el que todos le habían tomado, y con razón.

No guardaba muchos recuerdos de antes de la metamorfosis, pero, incluso después, solo recordaba ha-

3

ber sentido lealtad, afán de protección, responsabilidad, por Numair, aquel que había sido su mejor amigo para luego convertirse en su mayor enemigo, por Rafael, su discípulo y mejor aliado, y hasta cierto punto por los chicos de Castillo Negro, sus socios reticentes y dueños de un imperio mundial.

Hasta ahí llegaban sus sentimientos nobles, no obstante. Por aquel entonces, los que abundaban en su mente eran los pensamientos oscuros, extremos, crueles, cosas como la sed de poder, la venganza sin piedad.

Por todo ello, nunca dejaba de sorprenderle que ella fuera capaz de suscitarle emociones que jamás se había sentido capacitado para experimentar. Aquello solo podía etiquetarse de una manera: ternura. Y la había experimentado con frecuencia desde que había abandonado la rutina de leer informes de vigilancia sobre ella en favor de las grabaciones de lo que Murdock consideraba episodios relevantes de su vida diaria.

Cualquier persona se hubiera horrorizado de haber sabido que llevaba años teniéndola bajo lupa e interfiriendo según le parecía oportuno, cambiando la dinámica de su mundo de una manera imperceptible. Ella misma hubiera sentido auténtico pánico. Se saltaba unas doce leyes cada día: extorsión, violación de la intimidad y cosas peores, todo para cumplir con la misión de ser su demonio de la guarda. Pero eso no le preocupaba mucho. La ley estaba para romperla, o para esgrimirla a modo de arma.

Lo que sí le preocupaba era que ella llegara a saber que alguien la vigilaba, que sospechara algo, aunque jamás se imaginara que era él quien estaba detrás de aquello. Después de todo, ella ni siquiera sabía que él estaba vivo. Solo sabía que llevaba muchos años desaparecido, que no había vuelto a verle desde que tenía seis años. Seguramente ni se acordaba de él, y aunque se acordara, era mejor para ella seguir creyendo que estaba muerto, al igual que el resto de la familia.

Por todo ello, simplemente se dedicaba a observarla, a velar por ella, tal y como había hecho desde que había nacido. Lo había intentado, al menos. Había habido años en los que se había sentido impotente, incapaz de protegerla, pero en cuanto había tenido ocasión había hecho todo lo posible para darle una segunda oportunidad, una existencia segura y normal.

Soltó el aliento y congeló otro fotograma. Recordaba muy bien el día en que sus padres se habían presentado en casa con ella. Era una criatura diminuta, indefensa. Había sido él quien le había puesto el nombre.

Su pequeña Rose.

Ya no era pequeña, ni estaba indefensa. Se había convertido en una cirujana de éxito, madre, esposa y activista social. La había intentado ayudar siempre que había podido, pero todo lo que tenía lo había conseguido por mérito propio. Él solo se aseguraba de que consiguiera lo que se merecía, aquello por lo que había trabajado tan duro.

Había desarrollado una carrera de éxito. Tenía dos niños y un marido que la adoraba, ese al que no le había permitido acercarse a ella hasta estar completamente seguro de sus intenciones. Tenía una familia perfecta, y no solo era apariencia.

Dio al botón de play y se terminó la copa de bourbon. Si los chicos de Castillo Negro hubieran sabido que el dirigente más letal de la organización, alias Cobra, se pasaba las tardes vigilando a una hermana secreta que no sabía de su existencia, se hubieran reído de él a carcajadas.

De repente frunció el ceño al darse cuenta de algo. La grabación no tenía sentido. Rose estaba entrando en la nueva consulta privada que había abierto junto a su marido en Lower Manhattan. Murdock solo incluía las novedades, las emergencias y cualquier otra cosa que se saliera de lo normal.

Observar a Rose era su única fuente de alegría. Una vez le había dicho a su subalterno que le diera grabaciones de actividades diarias y rutinarias, pero Murdock había seguido llevándole filmaciones de aquello que consideraba relevante.

Soltó el aliento. Vulcan jamás hacía nada que no considerara pertinente y sujeto a la lógica. Aunque le obedeciera ciegamente en todo lo demás, Murdock jamás satisfaría una petición que obedeciera a un sentimiento fútil y que supusiera una pérdida de tiempo para ambos.

Pero había algo más en esa grabación aparentemente rutinaria.

¿Qué era lo que estaba pasando por alto?

Sintió que el corazón se le paraba un momento. La persona hacia la que se volvía Rose con un gesto sonriente era… ella. La imagen estaba tomada desde atrás y solo se veía parte de su perfil, pero la hubiera reconocido en cualquier parte.

Era ella.

Se echó hacia delante con la misma prudencia con la que se había acercado a bombas a punto de estallar.

Palpó la mesita de cristal que estaba a su lado. No era la mano lo que le temblaba, sino el corazón, ese que jamás pasaba de sesenta pulsaciones por minuto.

Aquella larga cabellera dorada se había convertido en una corta melena oscura que no pasaba de los hombros. Aquella silueta llena de curvas peligrosas se había vuelto esbelta y atlética bajo una sobria falda de traje. No había ninguna duda, sin embargo. Era ella.

Isabella, la mujer a la que un día había amado con tanta fuerza que había estado a punto de tirar por la borda las metas que había perseguido durante toda una vida.

Ella había sido su única debilidad, su único fracaso, la única que le había hecho desviarse de su camino, la que casi le había hecho olvidarlo todo por momentos. Era la única mujer a la que no había sido capaz de usar, la única a la que no había querido usar. Pero sí había dejado que ella le utilizara. Después de aquella aventura incendiaria, le había dicho que jamás había sido una posibilidad para ella. Pero no era el recuerdo de ese pequeño lapsus lo que le hacía enloquecer. Lo que le disparaba el corazón era su mera presencia, lo que era en realidad. Era la esposa del responsable de la muerte de toda su familia, el hombre que había dejado huérfana a Rose. Había ido a por ella casi nueve años antes. Era el único talón de Aquiles de su marido, pero nada había salido según el plan.

El impacto había sido totalmente inesperado. Y no había tenido nada que ver con su singular belleza. Eso nunca lo había considerado importante. El deseo, en cambio, podía ser utilizado como arma. Era a él a quien enviaba la organización cuando había mujeres en el negocio. Le mandaban para seducir, utilizar y desechar con absoluta frialdad. Pero ella siempre había sido un enigma. Disfrutaba de los privilegios adquiridos por ser la esposa de un bruto que le sacaba cuarenta años, un viejo que la mimaba y la colmaba de lujos, pero al mismo tiempo estudiaba para ser médico y participaba en muchas actividades humanitarias.

Al principio había creído que esa fachada impecable estaba diseñada para lavar la imagen de su infame marido, y había tenido mucho éxito con ello.

Pero con el tiempo las certezas respecto a esa chica de veinticuatro años que aparentaba muchos más se habían desdibujado. Seducirla también había resultado ser mucho más difícil de lo que esperaba.

Aunque la atracción fuera mutua, no le dejaba acercarse, y no había tenido más remedio que reforzar las estrategias de seducción, pensando que solo quería ponerle la miel en los labios hasta tenerle dispuesto a hacer cualquier cosa por estar con ella. Pero, aun así, se le había resistido hasta aquel viaje a Colombia. Había ido allí en una misión humanitaria y él había ido tras ella. Su equipo había estado a punto de sucumbir al ataque de una guerrilla de paramilitares, pero él les había salvado. Los cuatro meses siguientes habían sido los más deliciosos de toda su vida.

Casi había olvidado el objetivo de la misión mientras estaba con ella. Cuando la tenía en los brazos, cuando estaba dentro de ella, había olvidado quién era. Pero finalmente le había sacado secretos que solo ella sabía sobre su marido. Se los había sacado sin que se diera cuenta, y entonces había llegado el momento de dar un paso. Pero eso tampoco había sido fácil. Poner en marcha el plan significaba que la misión había llegado a su fin. Lo que había entre ellos llegaba a su fin y no había sido capaz de alejarse de ella. Quería más, mucho más, y al final había terminado haciendo algo que jamás se le hubiera pasado por la cabeza en otras circunstancias. Le había pedido que se fuera con él.

Ella siempre le había dicho que no era capaz de pensar en una vida sin él, pero su rechazo a la propuesta fue instantáneo y rotundo. Jamás se había planteado dejar a su marido por él.

Febril y ciego de amor, se había convencido de que le había rechazado porque le tenía miedo a su marido y entonces le había ofrecido plena protección, pero ella había representado su papel de amante afligida con maestría y se había negado una vez más.

Poco a poco el calor del deseo daría paso al frío cinismo que acompañaba a la verdad.

Ella había elegido la protección y el lujo que podía ofrecerle el viejo con el que se había casado a la edad de veinte años, ese viejo que era su perrito faldero. A él solo lo había querido para la cama. Jamás le hubiera escogido para nada más.

Pero estaba seguro de que no había tardado mucho en arrepentirse de su elección. Poco tiempo después había acabado con su viejo rico. Había hecho trizas su maravillosa vida de excesos.

Para entonces ya le traía sin cuidado lo que pudiera pasarle, no obstante. Ella misma se había cavado su propia tumba.

Volvió a mirar la pantalla. La visión del pasado aparecía de una pieza. Aunque la calidad del vídeo no fuera buena, podía sentir su sangre fría. Ninguna de las vicisitudes que pudo haber pasado había hecho mella en ella.

De repente la escena se disolvió. Las dos mujeres entraron en el edificio y la filmación se detuvo abruptamente. Contempló la pantalla negra durante unos segundos. Los interrogantes le bombardeaban. ¿Qué estaba haciendo en la consulta de Rose? Parecía que no era la primera vez que se veían. ¿Cómo se había perdido todas las anteriores? ¿Cómo se había puesto en contacto con Rose? No podía ser una coincidencia.

¿Pero qué otra cosa podía ser? Era imposible que estuviera al tanto de su parentesco con Rose. El personaje de Richard Graves, el nombre que había adoptado al dejar atrás sus días como Cobra, había sido fabricado meticulosamente. Ni siquiera la organización, con sus recursos ilimitados de inteligencia, había sido capaz de encontrar alguna evidencia que le vinculara a su agente desaparecido.

Y aunque de alguna forma hubiera descubierto el vínculo que tenía con Rose, aquello que los había unido había terminado para siempre, pero no había sido gracias a él. Si bien había jurado que jamás volvería a contactar con ella, sí se había debilitado en otro frente. Había dejado la puerta medio abierta algo más de un año, por si ella quería restablecer el contacto. Pero no lo había hecho. Si hubiera querido hacerlo después de tanto tiempo, hubiera encontrado la forma de acercarse. No tenía sentido que buscara a Rose, o tal vez sí…

Sacó el teléfono móvil y telefoneó a Murdock.

—¿Qué pasa? —dijo en cuanto descolgaron.

—¿Señor? —la voz de Murdock sonaba llena de sorpresa y compostura a la vez.

–La mujer que estaba con mi hermana. ¿Qué estaba haciendo con ella?

–Todo está en el informe, señor.

–Maldita sea, Murdock, no voy a leerme tu informe de treinta páginas.

Se hizo un profundo silencio al otro lado de la línea. Murdock debía de estar atónito, sobre todo porque llevaba un año haciendo lo mismo. La documentación de Murdock era cada día más exhaustiva, porque así se lo había pedido, pero en ese momento no era capaz de concentrarse ni en un pequeño párrafo.

–Todo lo que encontré sobre la relación entre la doctora Anderson y la mujer en cuestión está en las dos últimas páginas, señor.

–¿Has sufrido un traumatismo últimamente, Murdock, o es que no hablo inglés? No voy a leer ni dos malditas palabras. Quiero que me lo cuentes. Ahora.

Tras el exabrupto, el disgusto de Murdock se hizo evidente. Su lugarteniente le recordó que los hombres como él eran una reliquia de otra era.

Richard siempre había pensado que se hubiera desenvuelto mucho mejor en algo como la mesa redonda del rey Arturo. Le trataba con el fervor de un caballero al servicio de su señor. Había sido el primer niño al que había tenido que entrenar cuando se había unido a la organización en calidad de formador. Él tenía dieciséis años y Murdock seis, la misma edad que Rafael. Le tuvo bajo su tutela seis años más y entonces le cambiaron por Rafael.

Murdock se había negado a aceptar el liderazgo de ninguna otra persona, y Richard había tenido que intervenir para hacerle entrar en cintura. Solo le había dicho que les siguiera el juego, que un día volvería a buscarle, y Murdock le había obedecido sin cuestionarse ni una palabra. Le había creído.

Richard había cumplido su promesa y se lo había llevado consigo al marcharse, dándole una identidad nueva también. Sin embargo, en vez de seguir su propio camino, Murdock había insistido en quedarse a su lado, aduciendo que su entrenamiento no había terminado. En realidad estaba al mismo nivel que el resto de los chicos de Castillo Negro desde el primer día. Podría haberse convertido en un magnate fácilmente, pero Murdock solo quería pagarle la deuda que creía tener con él antes de seguir adelante.

Ya habían pasado diez años desde aquello, y Murdock no parecía tener intención de marcharse. Tendría que deshacerse de él muy pronto, no obstante, aunque fuera como perder un brazo.

El persistente silencio de Murdock le hizo arrepentirse del arrebato. Su número dos se enorgullecía de anticiparse siempre a sus necesidades y de superar sus expectativas. No quería menospreciar su lealtad.

Antes de que pudiera decir nada, Murdock comenzó a hablar. Su tono de voz no dejaba entrever resentimiento alguno.

–Muy bien. Primero, la mujer parecía ser una colega más de la doctora Anderson. Comprobé su historial, como siempre hago, y no encontré nada reseñable. Pero hubo algo más que me hizo ahondar. Descubrí que se había cambiado el nombre legalmente hace cinco años, justo antes de entrar en los Estados Unidos por primera vez después de seis años sin pisar suelo estadounidense. Su nombre era…

—Isabella Burton.

Murdock digirió el hecho de que su jefe ya la conocía. No le había dicho nada acerca de esa misión, ni tampoco a Rafael.

—Ahora es la doctora Isabella Sandoval.

Sandoval… Ese no era ninguno de sus dos nombres de soltera. Como procedía de Colombia, tenía dos. Debía de haber hecho todo lo posible por convertirse en una persona completamente distinta al adoptar el nuevo apellido después de lo de su marido. Y eso también explicaba el cambio drástico en su apariencia. Era médico, además.

Murdock siguió adelante.

—Pero no fue eso lo que me hizo desconfiar, lo que me hizo fijarme en el encuentro con la doctora Anderson. Lo que me hizo indagar más es que encontré una laguna de trece años en su historia. No hay nada sobre ella desde los doce años de edad hasta los veinticinco. No he podido encontrar nada.

Richard no se sorprendió. Había borrado a conciencia todo rastro de su historia con Burton y, por alguna razón que solo ella conocía, también había borrado gran parte de su vida anterior.

—Los rastros comienzan a aparecer a la edad de veintiséis. Empezó una residencia médica de cuatro años en Colombia, en un programa de cirugía pediátrica de California. Fue una residencia especial, en colaboración directa con el jefe de cirugía de un famoso hospital universitario. El año pasado consiguió papeles para viajar a los Estados Unidos y obtuvo el permiso de trabajo para ejercer la medicina. Hace una semana llegó al país y firmó un contrato de un año en una casa de seis dormitorios situada en Forest Hills Gardens, en Queens. Está aquí gracias al apoyo de los médicos Rose y Jeffrey Anderson. Va a empezar a trabajar con ellos en su consulta privada como socia y miembro del comité directivo.

Después de oír todo eso, Richard ni siquiera supo en qué momento había colgado el teléfono. Puso el vídeo una y otra vez, hasta cansarse. Las palabras de Murdock no dejaban de darle vueltas en la cabeza.

Isabella. Iba a ser la socia de su hermana. Masculló un juramento y apretó el botón de apagado con saña.

«Por encima de mi cadáver».

Cuatro horas más tarde Richard se sintió como si el asiento de su Rolls Royce Phantom estuviera lleno de agujas al rojo vivo.

Ya habían pasado más de dos horas desde que había aparcado frente a la casa de su hermana. Murdock había vuelto a llamar para decirle que había olvidado comentarle que esa noche Isabella iba a cenar con Rose.

Nadie había salido aún de la casa. ¿Por qué tardaba tanto? ¿Qué clase de cena duraba más de cuatro horas? Bastaba con eso para saber que las cosas podían resultar mucho peores de lo que se había imaginado en un principio. Isabella parecía ser muy amiga de su hermana. No era solo una socia en los negocios. Y aunque Murdock no hubiera sido capaz de averiguar cómo se había forjado tan singular amistad, Richard estaba convencido de que no era una casualidad, al menos no por parte de Isabella. Ella siempre tenía un plan, y lograba sus objetivos sirviéndose del engaño y la manipulación. Seguramente habría obtenido el título de medicina valiéndose de argucias.

Pero aún no tenía nada más que conjeturas. No tenía nada concreto que explicara cómo se había creado un vínculo tan estrecho. Isabella Burton se había vuelto invisible. No había dejado ni rastro de su pasado. Había sorteado el escrutinio de Murdock y, sin embargo, ahí estaba, en la casa de su hermana.

Había conducido hasta allí en cuanto Murdock le había dicho que debían de estar terminando de cenar. Tenía intención de interceptarla en cuanto saliera de la casa, pero ya habían pasado casi dos horas y media. Miró el reloj.

A cada minuto que pasaba más le costaba luchar contra el impulso de irrumpir en el domicilio y sacarla a la fuerza de la casa de su hermana. Se había mantenido lejos de su propia hermana durante toda la vida para protegerla y no iba a permitir que esa siniestra sirena la infectara con su pasado oscuro, con la malicia de sus intenciones y con su sangre fría.

De repente la puerta principal de la casa de estuco de dos pisos se abrió. Salieron dos personas. Isabella iba delante y detrás iba Rose. Richard sintió que se le tensaban todos los músculos del cuerpo. Trató de descifrar la conversación tan animada que mantenían. De repente se dieron un abrazo y se besaron y entonces Isabella bajó las escaleras. Al llegar al final se volvió un instante y cruzó la calle, dirigiéndose a su coche.

En cuanto Rose cerró la puerta de su casa, Richard bajó de su vehículo. Bajo la tenue luz de las farolas, la silueta de Isabella parecía resplandecer gracias a un abrigo de color claro que llevaba encima de un vestido ligero de verano. Su cabello era una melena abundante de color negro azabache.

Diez metros antes de interceptarla, Richard se detuvo.

—Bueno, bueno, pero si es la mismísima Isabella Burton.

Ella se paró en seco. Levantó el rostro y le clavó la mirada. Su expresión era de auténtico horror.

—¿Qué…? ¿Dónde demonios…?

Se detuvo, como si no fuera capaz de encontrar las palabras.

Richard no sabía qué era lo que sentía en ese momento, pero sí que era algo enorme. Había cambiado mucho. Estaba casi irreconocible. La mujer que tenía delante no tenía casi nada en común con aquella joven que había conocido en el pasado y a la que había besado con fervor.

Su rostro había perdido la lozanía de la juventud. El tiempo había esculpido sus rasgos hasta convertirlos en una obra maestra de refinamiento e intransigencia. Siempre había sido irresistible, pero la madurez la había convertido en algo formidable.

Sus ojos eran los que más habían cambiado, esos ojos que le habían atormentado durante tanto tiempo. Parecían iguales, resplandecientes, con ese color camaleónico verde esmeralda y topacio. Pero aunque tuvieran el mismo color y la misma forma, se veía que estaban vacíos. Fuera lo que fuera lo que hubiera en su interior, era algo oscuro e insondable.

Ella bajó la vista en ese momento.

Richard apretó los dientes y bajó su la mirada también.

–Richard –dijo ella de repente, saludándole con un gesto formal. Como si estuviera saludando a un completo extraño.

Pasó por su lado y continuó andando rumbo al coche.

Él la dejó pasar, arqueando una ceja. Era evidente que no quería tener ningún contacto con alguien de su pasado, así que no debía de estar al tanto del parentesco que le unía a Rose.

Richard miró al frente, escuchó el ruido de sus tacones a medida que se alejaban. Una sonrisa seria se dibujó en sus labios.

En el pasado siempre había sido él quien se alejaba, pero en esa ocasión todo era muy distinto.

En cuanto la oyó abrir la puerta del coche, se dio la vuelta y fue hacia ella.

–Yo voy delante. Sígueme –le dijo al adelantarla.

Sintiendo su mirada en la espalda, abrió la puerta de su coche y se volvió justo a tiempo para ver su reacción.

–¿Qué demonios…?

Richard suspiró.

–Ya se me ha agotado la paciencia esta noche. Sígueme. Ahora.

–Ni hablar.

–Mi petición ha sido cortés. Trataba de darte una oportunidad de que preservaras tu dignidad.

Ella se quedó boquiabierta.

–Vaya. Gracias. Puedo preservarla muy bien yo solita. Ahora me marcharé, y si me sigues, llamaré a la policía.

Richard esbozó esa sonrisa ensayada que hacía temblar a los monstruos.

–Si te vas, no te seguiré. Llamaré a la puerta de tu amiga y le diré con quién va a hacer negocios. No creo que a los Anderson les haga mucha gracia saber que eras, y que a lo mejor sigues siendo, la esposa de un traficante de drogas, traficante de esclavos y terrorista internacional.

Capítulo Dos

Isabella contempló el hombre que se interponía en su camino. Cuando se había materializado frente a ella, salido de la nada, había sentido que el corazón se le rompía en pedazos. Pero había sobrevivido a tantos horrores y había tenido tantas cosas que proteger que sus mecanismos de supervivencia siempre estaban alerta.

Richard, salido del oscuro averno del pasado más sórdido, era el hombre que la había seducido y que la había utilizado, el hombre que había estado a punto de destruirla.

No salía de su asombro porque justamente había estado pensando en él. ¿Acaso le había llamado con sus pensamientos? Tenía que ser una casualidad. No había otra explicación posible. ¿Para qué iba a buscarla después de ocho años? Después de todo, tenía que saber que lo que había hecho probablemente la haría perder la vida.

–No pongas esa cara de horror. No tengo intención de desenmascararte.

Su profundo tono de barítono le puso los pelos de punta.

–Siempre y cuando hagas lo que te pido, tu secreto quedará intacto.

–¿Qué te hace pensar que no se lo he contado todo?

–No lo creo. Lo sé. Te tomaste muchas molestias

para construir esa nueva identidad de la señora Sandoval. Y te tomarás las mismas molestias para conservarla. Sin duda alguna accederás a cualquier cosa que te proponga con tal de que nadie sepa nunca lo que eres en realidad, y eso incluye a los Anderson.

–¿Y qué es lo que soy? Haces que parezca que soy un monstruo.

–Estás casada con uno, y eso te hace de la misma especie.

–No estoy casada con Caleb Burton desde hace ocho años.

Algo misterioso e intimidante le cruzó las pupilas durante una fracción de segundo. Cuando habló, no obstante, su voz era la de siempre, soberbia y calculadamente distraída.

–Un pasado lleno de crímenes.

–Yo nunca he tenido un pasado criminal.

–Los crímenes siguen estando ahí aunque no te cacen.

–¿Y qué pasa con tus crímenes? Hablemos de eso.

–Mejor no. Nos harían falta meses para hablar de ellos, porque son casi infinitos, y además, no han dejado rastro. Los tuyos, en cambio, son fáciles de probar. Sabes muy bien cómo hizo una fortuna tu marido de la noche a la mañana, y no hiciste nada para denunciarle. Eres, por tanto, su cómplice. Además, te beneficiaste de muchos de esos millones manchados de sangre. Esos dos cargos valdrían para meterte en prisión durante diez o quince años, en una celda diminuta de una cárcel de máxima seguridad.

–¿Me estás amenazando con entregarme a las autoridades?

–No seas estúpida. Yo no recurro a cosas tan mundanas. No dejo que la ley se ocupe de mis enemigos o que castigue a aquellos que no satisfacen mis deseos. Yo tengo mis propios métodos, pero en tu caso ni siquiera me hace falta recurrir a ellos. Basta con tener una charla con tus honorables amigos y estoy seguro de que no querrán hacer negocios con alguien que tiene un pasado como el tuyo.

–Por muy extraño que le parezca a un ser retorcido como tú, hay gente buena en el mundo. Los Anderson no juzgan a la gente por su pasado.

–Si de verdad creyeras eso, no te hubieras molestado tanto en cambiar tu identidad y tu apariencia.

–Lo del cambio fue solo por protección. Estoy segura de que alguien como tú, el magnate más famoso en materia de seguridad, lo entiende perfectamente.

Richard esbozó una amarga sonrisa.

–Entonces no tendrá importancia que tus posibles socios se enteren de que eras la mujer de uno de los capos más famosos del crimen organizado, por no hablar de toda la inmoralidad que implicaba ese matrimonio y que tú escondiste por conveniencia propia. Si te niegas a seguirme, me veré obligado a poner a prueba tanto tus convicciones como las de ellos.

Isabella sintió que se ahogaba.

–¿Qué demonios quieres de mí?

–Quiero recuperar el tiempo perdido.

Isabella se quedó boquiabierta.

–¿Me ves en mitad de la calle y decides chantajearme de repente porque tienes muchas ganas de recuperar el tiempo perdido?

–No me digas que has contemplado la posibilidad

de que pudiera haber salido a dar un paseo por este limbo de vecindario urbano llamado Pleasantville.

—Me estabas siguiendo.

La certeza instantánea le heló la sangre. La premeditación le daba un cariz mucho más serio a todo.

Richard se encogió de hombros.

—Te tomaste tu tiempo ahí dentro. Estaba a punto de llamar a la puerta de los Anderson para ver por qué tardabas tanto.

Consciente de que era capaz de eso y de mucho más, Isabella no quiso ni pensar en qué hubiera pasado si hubiera irrumpido en la casa.

—¿Y te has tomado tantas molestias solo para verme y recuperar el tiempo perdido?

—Sí, entre otras cosas.

—¿Qué otra cosas?

—Cosas que sabrás cuando dejes de perder el tiempo y me sigas. Te diría que dejaras tu coche, pero tu amiga podría verlo y se preocuparía.

—Ninguna posibilidad sería tan mala como lo que está ocurriendo en realidad.

La expresión de Richard se endureció.

—¿Me tienes miedo?

—No.

—Bien.

Su satisfacción y prepotencia resultaban irritantes. Querría borrarlas de esa cara cruel e implacable.

—No te tengo miedo, porque sé que si quisieras hacerme daño, ya lo habrías hecho. El hecho de que estés intentando chantajearme indica que no estoy en tu lista negra.

—Me alegra que entiendas la situación. ¿Vamos?

Isabella se quedó inmóvil, atrapada en su mirada.

De repente él dio media vuelta y echó a andar. Antes de subir al coche por el lado del conductor, le dedicó una mirada imperiosa por encima del hombro.

–Sígueme.

Al oír esa orden con su perfecto acento británico, Isabella soltó el aliento que había estado conteniendo.

Lo mejor era terminar con todo aquello lo antes posible. En cuestión de minutos se encontró siguiéndole rumbo a Manhattan. Las emociones libraban una batalla en su interior: miedo, furia, frustración… y algo más.

–Que sea rápido.

Isabella soltó el bolso encima de un opulento butacón de cuero negro y bronce y miró a Richard. Estaban en la enorme área de recepción de su despacho, rodeados de suelos de mármol y techos inalcanzables.

Él siguió preparando las bebidas en el minibar. Su expresión de lobo se hacía cada vez más profunda. Fingiendo indiferencia, Isabella miró a su alrededor y una vez más quedó asombrada.

El ático de la Quinta Avenida estaba frente a Central Park, en penumbra a esa hora, y el rutilante Upper East Side dejaba claro lo rico que había llegado a ser Richard Graves. El apartamento incluso albergaba una piscina de casi diez metros por quince.

–Hoy me enteré de que estabas en el país.

El comentario la sacó de su ensoñación. Esa voz profunda, con la cultivada precisión de ese acento británico impecable, la hizo estremecerse una vez más.

Solía pedirle que le hablara solo para deleitarse escuchándole.

Al agarrar su copa, le rozó los dedos brevemente, produciéndole una descarga que la recorrió de arriba abajo.

—Entonces, en cuanto te enteraste de que estaba en suelo americano, decidiste seguirme la pista y tenderme una emboscada.

—Exactamente.

Bebiendo un sorbo del líquido color ámbar que tenía en la copa se volvió hacia ella del todo.

—He estado recordando cómo nos conocimos.

Isabella bebió un sorbo de su copa para no arrojársela a la cara. En cuanto el líquido descendió por su garganta se dio cuenta de lo bien mezclada que estaba. Tenía la temperatura perfecta y el sabor adecuado, ligero de alcohol y muy dulce.

Se acordaba. Recordaba cómo le gustaba tomar las bebidas.

—No nos conocimos, Richard. Entonces también me seguiste la pista. Y me tendiste una trampa.

Richard esbozó una media sonrisa colmada de indiferencia.

—Cierto.

Isabella bebió otro sorbo y canalizó su rabia a través del sarcasmo.

—Gracias por no negarlo.

La mirada de Richard se hizo más indescifrable y enigmática. De pronto se encogió de hombros.

—No pierdo mi tiempo persiguiendo objetivos inútiles. Ya me he dado cuenta de que lo sabes todo. Desde el primer momento tu actitud hostil me dejó claro que no estoy hablando con la mujer que lloró desconsoladamente cuando me marché.

–¿Y por qué concluyes que lo sé todo? Podría haber sido auténtica tristeza femenina y resentimiento por tu partida. Aunque fuera una tonta de remate por aquella época, no podías esperar que me arrojara a tus brazos después de ocho años, ¿no?

–El tiempo es irrelevante. Es aquello de lo que te diste cuenta lo que te hizo cambiar. Es evidente que lo averiguaste todo –le dijo, clavándole la mirada–. ¿Cómo lo hiciste?

–Ya sabes cómo.

–Seguramente sí, pero aun así me gustaría saber los detalles de cómo llegaste a saber la verdad.

Isabella dejó escapar una amarga carcajada.

–Si me lo estás preguntando para no volver a repetir el error del que me valí, no te molestes. Si logré enterarme de la verdad, no fue gracias a una especial clarividencia por mi parte, y no me di cuenta hasta tres años después.

Él arqueó una ceja al oír ese último detalle.

–Sí. Patético, ¿no?

–No es ese el adjetivo que yo usaría. No quiero los detalles de cara a una futura operación. Sé que es imposible seguirme la pista. Tus deducciones no podrían haberse basado en ninguna evidencia. Y aunque así hubiera sido, yo me aseguré de que nunca tuvieras motivos para sacar nada a la luz.

–¿Entonces me estás pidiendo que me maraville de lo bueno que eres?

–Sé lo bueno que soy.

Isabella comenzó a sentir un dolor palpitante.

–No necesito ninguna certificación y tampoco me recreo en la autocomplacencia –la atravesó con la mirada–. ¿Por qué esa reticencia a decírmelo? Estamos poniendo las cartas sobre la mesa ahora que hace tanto tiempo que el juego terminó.

–Tú no has puesto nada sobre la mesa.

–Pondría lo que tú quisieras.

Isabella abrió la boca para decir algo, pero él se le adelantó.

–Tú primero.

Sabiendo que al final terminaría dándole lo que fuera que quisiese, Isabella suspiró.

–Cuando empezaron los ataques con Burton, yo simplemente pensé que él había infringido sus reglas de confidencialidad. Un día, cuando estaba de rodillas por fin, afirmó que la filtración no había venido por su parte. Dijo que yo era la única que estaba al tanto de todo lo que hacía. Yo pensé que solo estaba buscando a un culpable, pero eso no supuso ninguna diferencia. Pensé que muy pronto llegaría a la conclusión de que le había traicionado, así que escapé.

Richard se terminó la copa e hizo una mueca. Dejando el vaso vacío sobre una mesita, se echó hacia atrás en su butacón. Su mirada era tan intensa que era como si intentara extraerle el resto de la información a través de los ojos.

Isabella contuvo el torrente de acusaciones que pugnaba por salir de sus labios y siguió adelante, omitiendo los dos peores años, los años del infierno.

–Mucho tiempo después recordé sus acusaciones y comencé a preguntarme si no había sido un poco indiscreta quizás. Eso, por otro lado, me llevó en la dirección de la única persona con la que podría haber cometido una indiscreción. Y esa persona eres tú. Eso me llevó a repasar todo el tiempo que habíamos estado juntos y me hizo darme cuenta de lo habilidoso que habías sido para sacarme la información.

—Y entonces te diste cuenta de que había sido yo quien le había mandado al infierno.

Isabella asintió. No era capaz de hablar al recordar aquel momento de dolorosa lucidez. Había sentido una traición tan grande, una pérdida tan grande.

—Me di cuenta de que yo me había convertido en tu objetivo porque era la persona idónea para conseguir información de dentro y me pediste que me fuera contigo para humillarle en todos los sentidos posibles. Todo cobró tanto sentido entonces que me pareció increíble no haber sospechado nada de ti durante tantos años. ¿Quién sino tú podría haber trazado un plan tan letal para verle caer? Hace falta un monstruo para derribar a otro.

—No era eso lo que gritabas todas aquellas veces cuando estabas en la cama conmigo.

—No te vayas por la tangente. Ya he admitido que era ajena a todo aquello, pero una vez me quité la venda de los ojos, solo deseé poder olvidar haberte conocido.

—Bueno, no te hagas muchas ilusiones en ese sentido. Aunque nuestro encuentro no haya sido casual, no solo fue memorable, sino también imborrable.

Su tapadera le había canjeado un puesto de seguridad en la organización humanitaria con la que ella trabajaba en aquel momento. Había exigido conocer personalmente a todos los voluntarios antes de seleccionar a los miembros del equipo que iría a Colombia para una peligrosa misión.

La primera imagen que tenía de él se había quedado grabada a fuego en su mente. Nada ni nadie en toda su vida la había obnubilado tanto. Y no era porque fuera el hombre más apuesto que había visto jamás. Su hechizo llegaba mucho más lejos. Su escrutinio era intenso y sus preguntas desarmaban.

Después de oír que había pasado la prueba, había salido de su despacho tambaleándose.

—Te han sentado bien los cambios.

Isabella parpadeó. Se dio cuenta de que no había dejado de mirarle todo el tiempo, al igual que él a ella.

—Tu figura, tu rostro… el cabello oscuro. Es un disfraz muy efectivo, pero además te sienta bien.

—Quería tener otro aspecto, por seguridad, pero al final no tuve que hacer nada. Fue suficiente con el tiempo y con lo que trajo consigo.

—Hablas como si hubieras llegado a la cima de la montaña.

—Así me siento. Y este es mi color real. Dejar de aclararme el pelo fue lo mejor que hice, después de librarme de Burton, que no hacía más que decirme que estaba más guapa de rubia.

—Burton no solo era un depravado, sino también un tipejo con muy mal gusto. Ese tono chocolate realza tu tez color marfil y también tus ojos.

Isabella parpadeó. ¿Richard Graves acababa de hacerle un cumplido?

—Antes de acercarme a ti ya tenía fotos y conocía tu singular belleza. Pero cuando te vi en carne y hueso, el efecto total fue como un puñetazo en el estómago, y no solo por tu apariencia. El tiempo solo se había llevado la lozanía de la juventud y la había reemplazado con una belleza profunda. Sin embargo, creo que el tiempo aún tiene mucho más que concederte. Eras hermosa, pero ahora eres exquisita. A medida que pase el tiempo llegarás a ser divina.

Isabella se quedó boquiabierta. Mucho tiempo atrás, cuando aún le creía un ser humano, se había tragado todos sus elogios, pero ni siquiera entonces, cuando hacía lo indecible para mantenerla bajo el hechizo, había sido capaz de pronunciar palabras de tanta belleza y poesía.

Que lo hiciera en ese momento, sin embargo, la ofendía, la hacía entrar en cólera.

—Ahórrame las náuseas. Ambos sabemos qué es lo que realmente piensas de mí. ¿Es esta una de esas otras cosas que tenías en mente? ¿Tenías pensado colmarme de halagos empalagosos para divertirte un poco más a mi costa?

—Solo intentaba ser sincero —se volvió hacia ella—. Y en cuanto a esas otras cosas, se trata de esto…

De repente Isabella se encontró tumbada boca arriba con Richard encima. Su peso le aplastaba los pechos. Tenías sus caderas entre los muslos.

Si existían los demonios que arrebataban el alma, sin duda debían de ser así; hambrientos, horripilantes y hermosos a la vez.

—Ocho años, Isabella. Ocho años sin esto. Ahora quiero tenerlo todo de nuevo. Me voy a beber hasta la última gota de ti. Por eso te he traído aquí. Y es por eso que tú viniste también.

Capítulo Tres

El tiempo se congeló mientras yacía debajo de Richard, paralizada. Incluso su corazón parecía estar a punto de romperse en pedazos con un latido.

Y entonces todo lo que había acumulado en su interior desde la última vez que le había visto, toda la traición, el ansia, el desánimo, todo eso se derramó y la hizo temblar.

Un escalofrío atravesó el enorme cuerpo de Richard. Era como si sus temblores le hubieran electrificado. Cayó sobre ella con más fuerza y estrelló los labios contra los suyos, que estaban abiertos en ese momento.

Isabella sintió la invasión de su lengua. Notó su sabor, su olor. Era esa droga a la que había estado enganchada. Se dejó llevar por una marea de inconsciencia y le dejó disfrutar de su cuerpo, de sus labios, tal y como recordaba y anhelaba. Richard no besaba. Arrasaba.

No solo la hizo caer presa de ese frenesí que ya conocía tan bien, sino que la arrojó al pozo del recuerdo y la hizo revivir el primer beso, aquel que había desencadenado su adicción.

Aquel día había aparecido como un ángel salvador, como una respuesta a sus plegarias, abriéndose paso entre las guerrillas que amenazaban a su equipo. Había tenido tanto miedo pensando que iba a morir sin tenerle, la única cosa que había deseado en toda su vida. Estaba tan agradecida que le había ofrecido lo que tanto había perseguido.

Él la había llevado a su habitación, devorándola con la mirada. Y ella le había dejado hacer todo lo que quería. Se había derretido ante él. Le había dado permiso para hacerlo todo.

Pero la conflagración era más violenta en ese momento, alimentada por la rabia y el resentimiento, el dolor y el deseo reprimido. Estaba mal hacerlo, pero eso solo la hacía desearlo más.

Jugaba con sus pezones duros y se apretaba contra su sexo caliente. La hizo separar los muslos un poco más y continuó devorándola con cada beso. Isabella no podía contener los gemidos.

De repente, se separó de ella, arrancándole un grito de anhelo. Se incorporó.

—Debería haber escuchado a mi propio cuerpo y al tuyo. Debería haber hecho esto en cuanto te traje aquí. Dime que esto es lo que has querido desde siempre. Dilo, Isabella.

El mundo dio vueltas a su alrededor. Eran tantos años de dolor, de añoranza, tantos sueños que se convertían en pesadillas. En esas visiones siempre la devoraba a besos para luego quitarse la máscara y dedicarle la expresión más despiadada que había visto jamás.

—¿Y si no lo digo?

Richard se levantó, apartándose de ella. Su mirada había perdido la intensidad que había tenido un momento antes. Se sentó frente a la mesita. Era evidente que había decidido que el encuentro había llegado a su fin.

Isabella sintió una profunda decepción que la paralizó aún más. ¿Qué era lo que había esperado? Sintiéndose ridícula, se incorporó y se arregló el vestido que él había descolocado.

–Ahora que no hay ninguna evidencia de coacción física, dilo.

–¿Quieres decir que ya no hay coacción porque no estás encima de mí? Estoy aquí por pura coacción.

–Eso es falso. Yo solo te di una excusa para que pudieras hacer lo que querías hacer, una justificación con la que salvaguardar tu dignidad. Pero es muy fácil invalidar esa afirmación con la que te exoneras. Te acompañaré a la puerta y puedes marcharte sin más.

–Y entonces llamarás a mis amigos.

–Podrías hacer cosas que me obligarían a hacer eso, pero ninguna de ellas incluye la acción de marcharte ahora –se puso en pie–. ¿Vamos?

Isabella se puso en pie y echó a andar tras él.

–¿Eso es todo? ¿Te has tomado tanta molestia para traerme aquí, para interrogarme, y cuando me niego a decirlo, me acompañas hasta la puerta?

–Tengo que hacerlo. La puerta no se abre sola.

Su ironía y el desdén hacia lo que acababa de pasar entre ellos la hizo entrar en cólera.

Alcanzándole por fin, le agarró del brazo, pero sus dedos resbalaron sobre esos músculos de piedra.

–¿Por qué quieres que lo diga? ¿Tan retorcido es tu ego? ¿Quieres que admita cuánto te deseo aunque nunca me hayas correspondido?

Richard arqueó las cejas aún más.

–¿Ah, no?

–Si ambos estamos seguros de algo, es de eso.

—¿Y cómo es que has llegado a esa conclusión?

—Tal y como llegué a todas las demás. La seducción es sin duda tu arma predilecta cuando se trata de mujeres, y fingir que me deseabas fue tu estrategia para hacerme comer de tu mano. La información que yo tenía era lo único que te importaba.

Richard inclinó la cabeza como si estuviera examinando a una criatura que le era desconocida.

—¿Crees que pasé cuatro meses contigo en la cama y que no te deseaba?

—Eres un hombre, y estás muy bien dotado. Apuesto a que podías dar la talla con cualquier mujer razonablemente atractiva, sobre todo con una que estuviera bien dispuesta.

—Como tú entonces.

Isabella tuvo ganas de darle una bofetada.

—Nunca pensé que una mujer pudiera llegar a estar tan caliente y lista para mí. Te hubiera seducido aunque hubieras sido la más fea del baile. Nunca he tenido requisitos previos en esa clase de misión. Pero incluso basándonos en mi libido indiscriminada, tal y como supones, hubiera buscado un mínimo de contacto físico para mantenerte enganchada. No me hubiera tomado tantas molestias para verte todos los días y hacer el amor contigo todas las veces posibles. Ni siquiera con mi dotación podría haber dado la talla tantas veces, y con tanto vigor, si no te hubiera correspondido en lo que sentías. Y sí te correspondía. Eso no fue parte de la obra.

El corazón a Isabella se le aceleró cuando le miró a los ojos. De repente parecía que se había quitado todas las máscaras. Era como si estuviera diciendo la verdad por primera vez.

¿Era cierto lo que acababa de decirle?

–Pero si me deseabas tanto como dices, y sin embargo me usaste y me tiraste a la basura tal y como hacías con todas, eso te convierte en alguien mucho peor, frío y despiadado.

La mirada de Richard volvió a ser indescifrable.

–No fui yo quien te rechazó. Tú escogiste a Burton.

–¿Así llamas a lo que hice? No tuve elección.

–Siempre hay elección.

–Ahórrame los eslóganes de autoayuda.

–Una elección no tiene por qué ser fácil, pero no por ello deja de ser una elección. Toda elección tiene pros y contras. Y una vez tomas una decisión, tienes que asumir las consecuencias. No culpas a otros por ellas.

–No estoy de acuerdo. En este caso sí que culpo a otros, a Burton y a ti. Ambos hicisteis que no tuviera elección. Dejarle no era una opción.

–Pero al final sí que le dejaste.

–No me marché. Huí para salvar la vida.

–Podrías haber hecho eso conmigo.

–¿Ah, sí? ¿Y dónde hubiera terminado si no hubieras podido acabar con él? ¿Qué hubiera pasado si te hubieras cansado de mí, cosa que seguramente hubiera ocurrido más tarde o más temprano?

Richard le dedicó una mirada llena de arrogancia.

–La posibilidad de que no llegara a acabar con él no existía. Y te prometí protección.

–¿Te atreves a decirme que soy la responsable del peligro que corrí cuando llevaste a cabo tu plan? No sabía hasta dónde llegaba esa promesa. No sabía nada de tu poder real, de tu propósito.

–¿Y tú me recriminas que no te haya dicho nada, teniendo en cuenta que eras su cómplice?

Isabella dejó escapar una amarga risotada.

–¿En menos de una hora he pasado de ser un medio útil para convertirme en un cómplice? Me pregunto en qué me habrás convertido cuando esta conversación llegue a su fin.

–Le pongas una etiqueta u otra a lo que hiciste, mi deseo por ti no me impidió ver que podías decírselo todo si confiaba en ti. Hubiera sido una oportunidad para ganarte su confianza del todo, y además así hubieras añadido agradecimiento al encaprichamiento patológico que ya sentía por ti. Y yo tenía razón.

–¿Ah, sí? ¿Cómo es eso?

–Cuando hubo que tomar una decisión, y ajena a mis verdaderas capacidades, elegiste al hombre al que creías más poderoso. Eso me deja muy claro qué hubieras hecho si me hubieras considerado una amenaza para tu pastel de mil millones de dólares –se encogió de hombros–. Y no te culpo. Pensabas que habías tomado la decisión correcta, basándote en la información que tenías. Que estuvieras muy mal informada y que por ello cometieras un error colosal no te convierte en una víctima.

Isabella sintió que la sangre le hervía. Era inútil dar voz a sus protestas, no obstante. No tenía pruebas, tal y como él mismo había dicho.

–Lo tienes todo resuelto, ¿no? –le preguntó él de repente, echando los hombros hacia delante como si se hubiera rendido.

–En buena parte, sí –Isabella suspiró–. Entonces tú lo orquestaste todo. Conseguiste el resultado que buscabas. La suerte estaba de tu lado e incluso pudiste disfrutar de una chica bien dispuesta, ¿no? La misión debió de ser más apetitosa de esa manera, ¿no?

Richard se encogió de hombros con indiferencia.

–Más o menos. Pero tengo algo que objetar. No fue apetitoso, sino maravilloso.

–Yo… ¿Lo fue?

–Maravilloso y muchas cosas más. Estar contigo fue el único placer verdadero que he tenido jamás.

Sus palabras fueron como un puñetazo en la mejilla.

–Y es por eso que quiero que lo digas, Isabella.

El deseo desnudo que vio en su mirada y que escuchó en su voz le aceleró el corazón. Parecía que se le iba a salir del pecho con cada latido.

–Quiero que digas que has echado de menos todo eso que tuvimos durante aquellos días, quiero que me digas que cada vez que cerrabas los ojos, yo estaba ahí, en tu mente, en tu lengua, por todo tu cuerpo, dentro de ti, dándote todo lo que solo yo puedo darte.

Cada palabra que pronunciaba, rebosante de deseo, la golpeaba por dentro, pero tenía que resistir, por todo lo que le había hecho, en el pasado, en el presente, por todo lo que había pensado de ella, por todo lo que era en realidad.

–¿Y si no lo digo?

–¿Quieres que te obligue a tomar aquello que te mueres por tener, solo para conservar la dignidad intacta? No, mi exquisita sirena. Si te hago mía ahora, será porque tú me dirás claramente que es eso lo que deseas, que te mueres por tenerme. Si no es así, ya puedes irte.

Isabella bajó la vista y guardó silencio un momento. Tenía todos los motivos del mundo para decirle que se fuera al infierno, pero también tenía una razón muy poderosa para hacer lo contrario. Sin decir ni una palabra, estiró el brazo. Le enredó una mano alrededor de la corbata y tiró de él como pudo.

Su rostro quedó a dos milímetros de distancia.

—Ahora, dilo.

—Te deseo.

—Dilo todo, Isabella.

Quería sacarle el alma, tal y como había hecho en el pasado.

—Te he deseado con cada suspiro durante estos últimos ocho años.

Su satisfacción fue feroz. Con un movimiento rápido, agarró la mano con la que le sujetaba la corbata y la desenredó. Y entonces se apartó de ella bruscamente.

Se sentó en un enorme butacón situado frente a la piscina.

—Demuéstramelo —le dijo.

Sin saber muy bien si debía maldecirle a él o maldecirse a sí misma, caminó hacia él como si no tuviera elección.

En cuanto sus rodillas chocaron, perdió toda coordinación y cayó sobre él con todo el peso de ocho años de anhelo. Se sentó sobre él a horcajadas y el vestido se le subió hasta los muslos. Su mirada la taladró hasta el momento en que sus labios se estrellaron contra los de él.

Él abrió la boca en respuesta a su urgencia y dejó que le mostrara cuánto necesitaba todo lo que podía darle. Isabella deslizó las manos sobre su cuerpo formidable y se frotó contra la dura roca de su miembro a través de la ropa.

–Te deseo, Richard. Me he vuelto loca deseándote.

Al oír esa súplica febril él tomó el control y sus labios detuvieron sus esfuerzos descoordinados. Suspirando irregularmente, Isabella disfrutó de su dominación, de lo que había interrumpido antes. Sus manos iban a la deriva sobre ella, le quitaban las prendas como si fueran tiras de piel caliente, con ese virtuosismo que siempre la había dejado sin aliento. Cada movimiento suyo estaba cargado de una precisión digna de un depredador a la caza de una presa.

Interrumpiendo el beso, retrocedió y recogió sus pechos en las palmas de las manos. Sus caricias fueron breves, pero devastadoras. La hizo darse la vuelta y, una vez la tuvo sentada en el butacón, se arrodilló frente a ella. Le quitó las braguitas con agilidad y hundió los labios en su sexo caliente y húmedo. Isabella dejó escapar un grito y abrió aún más las piernas para darle mejor acceso a sus rincones más íntimos, que nunca habían sido de otro.

Horas antes estaba inmersa en su nueva vida, convencida de que nunca más iba a volver a verle, y sin embargo, allí estaba, frente a él, recibiendo esos placeres que ningún otro había sabido darle.

Él le mordisqueó el clítoris, desatando una ola de placer que no podía ser real. Estaba al borde del éxtasis. Bastaba con una caricia más para que se desencadenara el frenesí. Pero ella no quería llegar tan pronto. Quería tenerle dentro de ella.

–Richard… –jadeó–. Te necesito dentro de mí, por favor.

Gruñendo, él se incorporó y sofocó su petición con un beso hambriento, dejando que probara su propio sabor directamente de su lengua. La levantó en brazos y la llevó contra la pared de cristal de los enormes ventanales.

Richard estaba a punto de hacerla suya frente a una ventana desde la que se divisaba toda la ciudad. Apretándola contra el cristal, la hizo enroscar las piernas alrededor de su trasero y entonces se echó hacia atrás, liberando su erección.

La potencia que se había apoderado de ella durante todos esos encuentros sexuales con Richard hizo que la boca se le hiciera agua. Su sexo ardía, se humedecía por momentos. Un segundo después comenzó a sentir la presión de su miembro contra el abdomen. Su pene, duro y enorme, palpitaba contra su piel hinchada. De pronto deslizó su calor y su dureza a lo largo de sus labios más íntimos, lanzando así una miríada de flechas de placer que la atravesaron hasta hacerla retorcerse.

No la penetró hasta que ella gimió.

–Lléname.

Fue entonces cuando Richard obedeció.

La brusquedad de su invasión y la forzada expansión de sus músculos alrededor de él fue una sensación intensa, casi dolorosa. El mundo se oscureció alrededor de Isabella.

–Demasiado tiempo… demasiado tiempo –le dijo él, clavándole los dientes en el hombro como un león.

De repente se retiró.

Era como si le estuviera robando la fuerza, la vida. Isabella le rodeó la espalda con ambos brazos y clavó las uñas en su piel. Él le respondió con una embestida más firme, obnubilando sus sentidos momentáneamente. Después de unos cuantos golpes más, Isabella sintió que su cuerpo cedía por fin, dándole cabida por completo. Richard aceleró el ritmo. Cada vez que se retiraba sentía la angustia de la pérdida, y cuando volvía a empujar un placer inefable la embargaba. Sus gemidos tapaban los susurros que salían de los labios de Richard una y otra vez. Susurraba su nombre como una letanía. Cada vez que empujaba sus cuerpos chocaban, carne contra carne, y el aroma del sexo y del abandono se intensificaba. El roce caliente de su piel dura la hacía sentir que estaba a punto de entrar en combustión.

Él siempre había sabido lo que ella necesitaba y esa vez no fue una excepción. Se lo dio todo, martilleando con las caderas contra su pelvis. Su erección entraba y salía con una cadencia firme, capaz de desatarlo todo en su interior. La tensión contenida se hizo añicos. Isabella sintió que su cuerpo entraba en erupción. Corrientes de desahogo la recorrieron por dentro, sofocando sus gritos. Se aferraba a él como si le fuera la vida en ello.

Gritando su nombre, Richard llegó a su propio clímax y eyaculó toda su pasión dentro de ella, llenándola, colmándola, agudizando los latigazos de placer hasta despojarla de la última chispa de sensibilidad. Isabella sintió cómo se derramaba la última gota de su simiente y una olvidada sonrisa de satisfacción iluminó sus labios al tiempo que apoyaba la cabeza sobre su pecho.

—No es suficiente, Isabella. Nunca es suficiente.

Sintiéndose como si fuera de goma, Isabella se giró hacia él. Todavía dentro de ella, intentaba apartarse de la ventana. Sabía que la llevaría a su dormitorio entonces y quería estar preparada para la segunda ronda, así que descansó unos segundos. Poco después él la sacó de su ensimismamiento al recostarla en la cama. El aroma masculino de las sábanas la envolvió, arropándola y recompensándola por la pérdida cuando él se apartó un momento para quitarse la ropa. Estiró los brazos, invitándole a volver junto a ella, suplicándole.

Pero esa vez él no la dejó suplicar mucho. Volvió a tumbarse sobre ella. Le separó los temblorosos muslos y le empujó las rodillas hasta el pecho, enganchando los brazos por detrás para abrirla del todo. Agachándose del todo, le metió la lengua en la boca y volvió a penetrarla con un movimiento rápido y certero.

Isabella gritó con fuerza a medida que él se abría camino en su cuerpo hinchado, empujando y frotándose contra ella. Traducía cada libertad que se tomaba y la convertía en palabras que no hacían sino intensificar el placer. Isabella volvió a llegar al clímax, una y otra vez. Esos ocho años de privación se disolvieron en torrentes de sensaciones cada vez más arrolladoras.

Cuando llegó al éxtasis por cuarta vez, él comenzó a empujar con más energía, cada vez más rápido, hasta llegar a las puertas de su útero. Se mantuvo ahí un instante y dejó escapar su simiente. Isabella sintió que su cuerpo convulsionaba, así que se aferró a él con dedos de acero. Su carne hipersensible le sacaba hasta la última gota de placer.

Por fin se desplomó sobre ella. Su corazón latía con furia, haciéndola retumbar por dentro. Se tumbó a su lado y la hizo acurrucarse contra él. Isabella sintió una fría sábana sobre el cuerpo de repente.

Quería aferrarse a ese momento, no dejarlo escapar jamás, pero era inevitable. Todo se le escurría de entre las manos.

Tenía la mente en blanco. Trató de abrir los ojos, pero tenía los párpados pegados. Era extraño. Nunca había habido paz después de Richard.

Abrió los ojos de golpe y ahí estaba él, apoyado en un codo, observándola.

—No quería apurarte la primera… o el resto de las veces. Quería mantenerte en el borde del orgasmo durante el tiempo suficiente, pero cuando finalmente te llevé al borde, caíste muerta a la primera.

—Me hiciste caer muerta todas las veces.

—No. Eso solo fue la última vez. Te dejé muerta de tal forma que no ha habido manera de despertarte durante horas —le pellizcó un pezón y deslizó una pierna entre las suyas, apretando la rodilla contra su sexo—. Pero no tiene importancia. Ya es hora de llevarte a la locura.

Isabella le acarició el rostro, los hombros, el pecho.

—Tus esfuerzos podrían ser en vano. Yo ya estoy loca por ti.

—Lo sé. Pero quiero que estés desesperada.

Antes de que pudiera objetar algo, le metió la lengua en la boca, reclamándola, conquistándola. Sus manos, labios y dientes buscaban todos esos rincones secretos, desatando la locura que la hacía retorcerse, la que la hacía desear que acabara con ella, que la consumiera hasta saciarse.

Aferrándose a él, trató de arrastrarle hacia sí.

–Hazme tuya de nuevo, Richard.

Él le sostuvo la mirada unos segundos, como si estuviera intentando evaluar si realmente había llegado a ese nivel de desesperación que le exigía. Satisfecho, al parecer, se incorporó sobre ella. Le entrelazó los brazos por encima de la cabeza y, tras abrirle un poco más las piernas, la penetró de una embestida poderosa.

Esa vez la expansión de su sexo ya hinchado se transformó en placer rápidamente, tanto así que era casi insoportable. La oscuridad danzaba en la periferia de su campo de visión.

Isabella intentaba respirar, se movía debajo de él, sin voz, sin aire… El rostro de Richard estaba contraído. Mostraba un gesto casi agónico.

–He deseado esto cada minuto de mi vida –le susurró ella.

–Sí. Cada… minuto.

Sus gruñidos retumbaban dentro de ella mientras la llenaba una y otra vez. La cabeza de su potente miembro le rozaba todos esos rincones sensibles, provocando una reacción en cadena que la sumergía en un mar de sensaciones. Todo le resultaba embriagadoramente familiar, pero nuevo al mismo tiempo.

Y entonces, de repente, todo se contrajo durante una fracción de segundo para luego explotar. Isabella se hizo añicos por dentro. Su carne vibró con tanta fuerza alrededor de la de él que apenas pudo respirar durante las primeras contracciones de placer. Él le decía que gritara a todo pulmón, y entonces algo se quebró dentro de ella. El aire la invadió de repente. Y gritó. Y gritó y gritó hasta llegar a lo más alto del éxtasis.

Él se incorporó sobre ella, con su belleza casi sobrenatural. Tenía los músculos contraídos y los ojos encendidos. Echó atrás la cabeza y pronunció su nombre con desesperación. Su cuerpo se tensó durante una fracción de segundo y entonces sucumbió a la explosión de su propio orgasmo.

A diferencia de la vez anterior, Isabella permaneció atenta durante todo el tiempo que pasó a su lado tras el encuentro sexual.

De repente, él habló.

—Nunca quedé satisfecho con la manera en que terminó todo en el pasado. Todo quedó incompleto. Y a mí me gusta cerrar bien las cosas.

Isabella contuvo la respiración durante unos segundos. Esperaba algo que le confirmara la peor conclusión que podía sacar de sus palabras.

Y obtuvo lo que buscaba.

—Te he traído aquí para cerrar las cosas. Y si puedo decirlo así, creo que he conseguido una conclusión espectacular.

Sintiéndose como si acabara de echarle un jarro de agua fría encima, Isabella trató de incorporarse.

Sin decir ni una palabra, tomó la sábana y se envolvió en ella. Salió del dormitorio y se puso a buscar la ropa que había quedado esparcida por todas partes.

Le sintió ir a la cocina. Una vez se vistió, se volvió hacia ella con una taza en la mano.

—¿Café? ¿O te vas a ir corriendo?

—Después de todo lo que me has hecho, he sido capaz de dejar a un lado el dolor que me has causado y he caído en tus brazos de nuevo.

—Y ahora mismo volverías a caer si te dejara. Pero ya no estoy interesado. Ya he terminado.

Isabella apretó los dientes.

–Entonces de verdad espero no volver a verte nunca más a partir de ahora. Y aunque estés muy convencido de que me puedes tener cuando quieras, yo sí que he terminado ya.

–Claro. Por eso también te traje aquí, para decirte eso.

Isabella frunció el ceño.

–¿Qué demonios quieres decir con «eso»?

–Has terminado aquí. Les vas a decir a tus nuevos socios que has cambiado de idea respecto a la sociedad. Terminarás tu contrato, pagarás la penalización, harás la maleta y dejarás esta ciudad, y el país, si puede ser. Y esta vez, no volverás jamás.

Capítulo Cuatro

Durante sus primeros veinticuatro años de vida, Isabella había sobrevivido a tantos golpes que no creía que nada pudiera hacerle tambalearse de nuevo.

Pero entonces había aparecido Richard. Cada segundo que había pasado a su lado había sido una sucesión de terremotos. Después de que saliera de su vida, la lucha había sido dura y constante para no caer derribada. Pero rendirse no era una opción. No había tenido más remedio que seguir adelante. Sin embargo, creía que aquella pasión se había agotado entonces.

Allí estaba él, no obstante, frente a ella, inclinado sobre la encimera de su cocina futurista, y perder la razón de nuevo era demasiado fácil. Era el dios de la malicia, aquel que había sido siempre. Bebía una taza de un café aromático con toda la calma del mundo, saboreando hasta la última gota.

–¿Pero quién demonios te crees que eres? ¿Cómo te atreves a decirme lo que debo hacer?

Nada más pronunciar las palabras, Isabella se encogió por dentro. Sus palabras sonaban tan manidas y patéticas. Él le dedicó una mirada que sin duda debía de hacer temblar a los criminales más despiadados.

–No querrías saber quién soy en realidad. Créeme.

–Oh, sé lo suficiente como para imaginarme lo peor.

Él bebió otro sorbo sin perder la compostura.

–Teniendo en cuenta esa reacción tan desafiante que has tenido, imagino que lo peor que te puedes imaginar no está ni remotamente cerca de la verdad, pero tu error puede ser culpa mía. Si te he dado la impresión de que esto es una negociación, entonces tengo que disculparme. Y también me disculpo por haber afirmado antes que siempre tienes una elección. Conmigo nunca se tiene. Evidentemente sí que tienes ciertas opciones que no son más que errores garrafales. En esta situación, la mala elección es echarse atrás. Te recomiendo que no lo hagas.

–Te aseguro que no lo haré –le dijo Isabella, lanzándole una mirada ominosa–. Te ignoraré sin más y haré caso omiso de tus absurdas exigencias.

–En ese caso no tengo otro remedio que obligarte, así que ahora solo te queda cometer un error garrafal. ¿Cómo de difícil te vas a poner las cosas?

–Ponme a prueba. Difícil es mi segundo nombre.

Richard esbozó una media sonrisa.

–Te puedo asegurar que no te gustaría si recurriera a medidas extremas.

–¿Qué medidas extremas? ¿Me estás amenazando físicamente?

Los párpados de Richard se cerraron ligeramente para después abrirse.

–No seas tonta.

Otra vez parecía insultarle sugiriendo que recurriría a la violencia física. Isabella retorció la correa de su bolso alrededor de la mano hasta que los dedos se le entumecieron.

–Supongo que no acabas con la gente si puedes evitarlo. Tú no das golpes de gracia. Ni siquiera mataste a Burton, sino que le enviaste a un infierno que ni siquiera yo había concebido para él.

–¿Estás comparando esto con lo que le hice a él?

–No. Lo sé –Isabella levantó las cejas en un gesto de curiosidad y sorpresa. Un escalofrío repentino la recorrió de arriba abajo–. Durante esos cuatro años en los que fui esposa trofeo desarrollé mis métodos y recursos para desenvolverme en su mundo y ser capaz de poner en marcha un plan de escape cuando fuera necesario.

Un calor inusitado inundó su mirada, pero había algo más en su expresión. ¿Acaso era admiración?

–Por supuesto. La forma en que borraste tu historia fue toda una obra de arte. Alguna vez tenemos que hablar de esos métodos y recursos. Podríamos beneficiarnos mutuamente de ese intercambio de información.

Isabella observó ese rostro que hipnotizaba. Se preguntaba cómo hacía para que todo lo que dijera resultara merecedor de atención.

–Nada de lo que conseguí te sería de utilidad –le dijo finalmente, soltando el aliento–. Comparadas con las tuyas, mis habilidades son como el coeficiente intelectual de un simio comparado con el de Einstein. Y yo solo utilizo el engaño para sobrevivir. Para ti, en cambio, es una parte fundamental de tu carrera, de tu carácter. Es una preferencia para ti, un placer. Pero, tienes razón.

Él arqueó una ceja.

–¿Por el consejo que te he dado?

–Tienes razón al suponer que estoy comparando la suerte que corrió Burton en tus manos. Sé adonde le mandaste. Sé lo que es ese lugar. ¿Pero qué le hacen allí? –Isabella sacudió la cabeza. Las náuseas que había sentido cuando él le había dicho que ya había terminado no habían hecho más que crecer–. Incluso después de todo lo que he visto en mi vida, mi imaginación no es lo bastante retorcida como para concebir lo que tu mente abyecta ha podido diseñar, aquello de lo que eres capaz.

Richard fijó su afilada mirada en ella. Dejó su taza sobre la encimera y se acercó.

–Si las amenazas físicas no están entre tus medidas extremas, ¿cuáles son esas medidas entonces? Si crees que tu advertencia de antes respecto a Rose y Jeffrey sirve de algo, ahora mismo me voy directamente a su consulta para contárselo todo.

Richard le dedicó una mirada burlona que dejaba claro que no la creía capaz de hacer algo así.

–Aun así me quedarían muchas formas de hacerte entrar por el aro.

–¿Por qué me estás pidiendo que haga esto?

–No te lo estoy pidiendo. Te lo ordeno.

Isabella puso los ojos en blanco.

–Sí, sí… Eso ya lo entendí. Tú eres el que dice «salta» y todo el mundo salta en el aire y se queda congelado hasta que dices «abajo». Deja de regodearte ya en tus formidables poderes. El truco se quedó un poco pasado después de la primera docena de veces. Dame una respuesta directa por una vez. No es que te importe ponerme las cosas fáciles. No es que yo te importe en absoluto.

–Maldita sea, ¿a quién quiero engañar? –aunque no se hubiera acercado ni un milímetro, parecía estar más próximo a ella.

Antes de que Isabella pudiera reaccionar, escondió el rostro contra su cuello.

—Fui yo quien cometió un error garrafal, Isabella —susurró—. No he terminado. Nunca habré terminado.

—Suéltame, ahora.

Él simplemente la levantó del suelo. Ella abrió los labios para dedicarle una sarta de insultos, pero él se lo impidió con un beso, saboreándola como si no pudiera parar.

Y no paró hasta que ella dejó de resistirse. Volvió entonces a ponerle los pies en el suelo.

—¿Te has quedado satisfecho? —le preguntó ella, fulminándole con la mirada.

—Ya te he dicho que no tengo forma de quedarme satisfecho, así que no perdamos más tiempo haciendo teatro. Pasemos a lo que te dije antes.

—¿Así, sin más?

Él la apretó más.

—Ahorraríamos tiempo. Ya he admitido que soy un menso y un pendejo.

—¿Qué?

Los labios de Richard esbozaron una gran sonrisa. La naturaleza le había dotado con una amplia gama de talentos y con un gran carisma, pero era precisamente todo eso lo que le convertía en un diablo.

—Bueno, en la lengua de mi gente eso significa «cretino imbécil».

—¿Y crees que hacer uso de un par de insultos finolis de británicos te exonera de todo? ¿Crees que así me compensas? Seguro que en tu mundo crees que soltarle una disculpa medio sentida a alguien borra todo daño que le hayas infligido, pero en mi mundo no es así.

La expresión de Richard se volvió más seria.

–Te he traído aquí pensando que podía cerrar las cosas y seguir adelante por fin. He seguido todos los pasos, pero no he conseguido cerrar y, además, ya no quiero cerrar.

Isabella le empujó. Lo hizo con tanta fuerza que él la soltó por fin.

–Entonces ni siquiera te estás disculpando. Acabas de darte cuenta de que te precipitaste. Piensas que no tuviste suficiente y quieres otra ronda.

Richard se tocó el pecho allí donde ella le había empujado.

–Quiero barra libre. Y nunca fue una opción para mí quedar satisfecho de ti. Solo quería librarme de la necesidad de ti que sentía. Pero ya no quiero eso. Quiero dar rienda suelta a esa necesidad. Quiero regocijarme en ella –volvió a agarrarla y tomó uno de sus pechos en la mano–. Y antes de que cometa el error de seguir adelante con mis intenciones inviables, tú solo querías aprovecharte de mí.

Ella le apartó las manos.

–De hecho agradezco ese error que has cometido. Me ha dado el cierre que yo necesitaba. Y ha sido un buen bofetón que me ha sacado de esas tendencias patológicas por las que me dejaba llevar siempre que se trata de ti.

Él le agarró ambas manos y se las llevó al rostro.

–Golpéame todo lo que quieras. O mejor… –le bajó las manos y la hizo apretar las uñas contra su pecho–. Arráncame la piel, Isabella. Quítamela a tiras.

Temblando, Isabella cerró los puños y dio un paso atrás.

–Gracias, pero no –dijo, y pasó por su lado.

–Me desdigo de mi ultimátum.

Eso la hizo volverse un instante.

–¿Ya no me estás amenazando con cosas horribles para que me vaya y no vuelva más? Qué amable de tu parte.

Richard salvó la distancia que los separaba, taladrándola con la mirada.

–Solo tienes que terminar con la sociedad. Dales una excusa personal a los doctores Anderson. Si prefieres no hacerlo, yo te crearé una y pagaré el precio de disolver la sociedad. Pero no tienes que preocuparte por eso. Te conseguiré un negocio mucho más prestigioso y lucrativo. O mejor. Te pondré tu propia consulta o incluso un hospital.

Isabella levantó las manos. La cabeza le daba vueltas con lo que estaba oyendo. ¿Cómo se atrevía a decir tantas barbaridades?

–Para. Para ya. ¿Pero a ti qué te pasa? ¿Siempre estuviste loco y no me había dado cuenta?

–Definitivamente estoy loco, loco de deseo por ti. Y tú me has demostrado que estás tan loca por mí como yo por ti, así que te quedarás y lo retomaremos donde lo dejamos, sin las restricciones del pasado. Te conseguiré una residencia cercana a la mía para que no pierdas tiempo en transportes. Puedes tener cualquier cosa que desees o que necesites. Puedes trabajar con cualquier persona en todo el mundo, tener acceso a toda la financiación que desees y a las instalaciones y al personal que necesites. Yo te daré alojamiento y satisfaré todos tus deseos.

La arrastró hacia él, agarrándola de las nalgas y

apretándola contra su erección. Con la otra mano la sujetaba de la cabeza y la obligaba a echarla hacia atrás, exponiendo su cuello para deleite de sus labios y sus dientes.

–Absolutamente todos.

–Richard… esto es una locura –Isabella sentía que su cuerpo la traicionaba.

–Ya está claro que yo estoy loco por ti. He descubierto que lo he estado durante todos estos años, pero mi entrenamiento, y todo lo demás, mantuvo a raya esos impulsos. Pero ya no quiero mantenerlos a raya. Y no lo haré –tomó sus labios y le dio un beso compulsivo que casi la hizo tener un orgasmo en ese preciso momento–. Si alguna vez pensaste que Burton te consentía, no era nada con lo que yo haré por ti.

Sintiéndose como si acabara de darle una bofetada, Isabella se zafó de sus brazos a puñetazos. Su voz se convirtió en un grito estridente.

–No quiero nada de ti, de la misma forma que nunca quise nada de él. Así que puedes tomar todas tus promesas y ofertas e irte por donde has venido.

Richard se lamió los labios, saboreándola.

–Te estoy mostrando todo lo que ofrezco. Puedes tomar la oferta que quieras –capturó sus manos de nuevo y apretó los labios contra sus doloridas palmas–. Pero te voy a compensar por la rescisión del contrato de sociedad. Esa es la única cosa que no es negociable.

Isabella apartó las manos con brusquedad.

–¿Has terminado?

–Ya te dije que jamás podría terminar contigo.

–Muy bien. Yo he cambiado mi diagnóstico. No estás loco. Estás delirando. Y además tienes un trastorno de personalidad múltiple. Yo no voy a terminar nada. Y ya te dije lo que puedes hacer con tus «compensaciones».

–No te voy a dejar marchar hasta que zanjemos esta cuestión, así que sigamos adelante y así podrías irte y seguir adelante con tu día. Tienes unos socios con los que tienes que terminar toda relación laboral.

–Las cosas ya están zanjadas, Richard. Y ahora me vas a dejar marchar.

Dando media vuelta, Isabella se dirigió hacia la puerta. Él fue tras ella. Se apretó contra su espalda, acorralándola.

–Haz que se abra la maldita puerta, Richard –le dijo ella, cada vez más impaciente por marcharse.

Richard le mordisqueó la oreja por última vez y suspiró. Se apartó de ella por fin, pero, en vez de abrir la puerta, apoyó ambas manos contra la superficie. Isabella comprendió que tenía sensores para las palmas de la mano. En cuanto la puerta se abrió, salió como si huyera de un túnel inundado. Cuando llegó al ascensor, oyó su voz.

–He puesto todas las cartas sobre la mesa. Ahora te toca a ti.

Al mirar por encima del hombro, le vio bajo el umbral, magnífico y tentador, como siempre.

–Sí, claro –Isabella masculló un juramento–. Me toca decirte lo que quiero yo. Quiero que tomes todas tus cartas y que te vayas a ese infierno que ni siquiera tú puedes imaginar, con todos los monstruos locos como tú.

Él echó atrás la cabeza y se rio. Nunca le había oído reír.

Entró en el ascensor a toda prisa para escapar de ese sonido tan enervante.

–¿Quieres que te recoja después del trabajo o vas a hacer la tarea tú sola y vas a volver por tu propio pie?

Los botones del ascensor parecían un jeroglífico de repente. Estaba tan aturdida... Apretó todos los que pudo.

–Antes me iré al infierno.

Esa risa siniestra volvió a oírse.

–¿El infierno de las sirenas es el mismo que el de los monstruos?

Ella le fulminó con la mirada, guardando silencio. Las puertas del ascensor se cerraron por fin.

En cuanto se encontró a salvo dentro del habitáculo, se dejó caer contra la pared de acero… y entonces volvió a incorporarse de nuevo. Seguramente debía de tener cámaras en el ascensor también. Cuando llegó al coche solo un pensamiento se alzaba frente a los demás. Jamás podría escapar de Richard Graves. No había ni un sitio en todo el planeta al que no pudiera seguirla si así se lo proponía. Y le había dejado claro que eso era lo que tenía en mente en ese momento.

Solo había una salida posible antes de que entrara en su vida y lo destruyera todo, sin remedio esa vez.

Richard cerró la puerta y se quedó observándola durante unos segundos, como si todavía pudiera ver a Isabella a través de ella. Podía verla salir del edificio a través de los monitores, pero prefería imaginársela. Dejó caer la cabeza contra la puerta.

Unos segundos después se dirigió hacia la ducha. Cerró los ojos bajo el chorro de agua caliente y revivió esa noche increíble que había pasado junto a ella. La próxima vez la velada terminaría allí. Al salir se detuvo frente al espejo de cuerpo entero e hizo una mueca. Tenía el pelo demasiado corto. A ella le encantaba cuando lo llevaba más largo. Se había despertado tantas veces con ella abrazada a su cuerpo, acariciándole el cabello, peinándoselo.

Decidió dejárselo crecer un poco y se tomó más cuidado que nunca con el acicalamiento, pero no se afeitó completamente. Así tendría una fina barba la próxima vez que volviera a verla. Ella se había vuelto loca al sentir el roce de su vello facial mientras hacían el amor. Pero después se quejaba siempre y le decía que la había raspado como una lija.

Después de ponerse una ropa que le encantaría, llamó a Murdock. Como siempre, su mano derecha contestó al segundo timbre.

–Señor.

–Tengo que entrar en la casa del doctor Sandoval.

–¿Cómo?

Richard frunció el ceño, molesto con Murdock.

–Quiero prepararle una sorpresa.

–No ha leído mi informe –dijo Murdock después de un segundo.

De repente Richard sintió que se le acababa la paciencia.

–¿Pero qué es lo que te pasa con ese maldito informe, Murdock? ¿Has oído lo que te he dicho?

–Por supuesto, señor, pero si hubiera leído mi informe sabría que no es buena idea entrar en la casa del doctor Sandoval.

–¿Por qué no?

–Porque su familia está ahí.

***

Dos horas más tarde Richard conducía por el barrio de Isabella. Una sensación de *déjà vu* le invadía. Jamás hubiera imaginado que un sitio así existiera en Nueva York, pero ahí estaba.

Forest Hills Gardens. Era una especie de pueblecito inglés pintoresco en el corazón de Queens, una comunidad privada y escondida dentro del barrio de Forest Hills. Las calles estaban abiertas, pero solo los residentes podían aparcar frente a las elegantes casas de estilo colonial y tudor, con enladrillado de diseño, techos de aguja y tejas rojas. Farolas de hierro forjado inspiradas en los viejos faroles ingleses flanqueaban las aceras y las calles estaban adornadas con innumerables plátanos de sombra y fresnos blancos. Era como si estuviera de vuelta en casa, allí donde había crecido.

Ahuyentando esos recuerdos opresivos, aparcó delante de la casa alquilada de Isabella. Era una residencia magnífica de estilo Tudor. Contemplando el enorme edificio, soltó el aliento. Si hubiera estado en condiciones de pensar la noche anterior, hubiera sido capaz de deducir el motivo por el que había alquilado una casa tan grande. No podía negar que se había llevado una sorpresa no del todo agradable cuando Murdock le había dado la información. Al parecer, vivía con su madre, una hermana y tres niños.

Bajó del coche y subió los peldaños del porche. Llamó al timbre y esperó. Dentro se oían voces de niños, algo que llevaba mucho tiempo sin escuchar. De hecho, la última vez que había oído ese sonido había sido el día que se había marchado de casa. También estaba de pie en el porche entonces, escuchando cómo jugaban Robert y Rose, más felices que nunca una vez se había desvanecido la ominosa sombra de Burton, aunque solo fuera temporalmente. Su hermano y su hermana jamás se hubieran imaginado que Burton se había ausentado porque estaba finiquitando el trato que iba a convertirle en esclavo de la organización. No hubieran jugado con tanta alegría de haber sabido que esa era la última vez que iban a ver a su hermano.

Apretando los dientes, Richard ahogó esos recuerdos. Se oían pasos al otro lado de la puerta, demasiado rápidos y ligeros como para ser de un adulto. De pronto la puerta tembló como si un cuerpo pequeño se hubiera estrellado contra ella. Un segundo después se abrió. Era demasiado tarde para cambiar el plan. O quizás podía fingir que se había equivocado de casa…

Richard parpadeó al ver al chico que acababa de abrirle la puerta. La mente se le quedó en blanco. El corazón se le estrelló contra el pecho y el mundo pareció girar ciento ochenta grados a su alrededor.

«Robert».

La revelación le golpeó como un puño.

Solo había una manera de explicar por qué ese niño era idéntico a su difunto hermano.

Era su hijo.

Capítulo Cinco

–¿Quién eres?

La inocente pregunta atravesó a Richard como una flecha.

–¡Mauri…! No abras la puerta.

–¡Ya la he abierto, abuela! –gritó el niño sin quitarle ojo a Richard–. ¿Quién eres?

Una mujer de unos cincuenta años apareció en ese momento. Nada más verle estuvo a punto de dar un traspié. Tras un instante de ansiedad, una sonrisa enorme le iluminó el rostro.

–¿En qué puedo ayudarle, señor?

Mauri le tiraba de la manga. El chico insistía.

–¿Quién eres?

Richard bajó la vista y le miró. No era capaz de recordar el nombre que había inventado para presentarse en la casa.

El chico le ofreció la mano, tomando la iniciativa.

–Soy Mauricio Sandoval.

A pesar del caos que se había apoderado de su mente, Richard se dio cuenta de que Isabella le había dado su nuevo apellido inventado. Contempló esa manita extendida hacia él. El miedo le hacía rugir el corazón con cada latido. La idea de tocarle resultaba aterradora.

Y no lo hizo.

–Soy Richard Graves.

El chico asintió y bajó la mano.

–Sí, pero… ¿Quién eres?

–¡Mauri!

Richard levantó la vista hacia la señora.

–Mauricio tiene razón –dijo, sacudiendo la cabeza–. Decir mi nombre no aclara quién soy realmente.

–Hablas raro.

–¡Mauri!

El chico no se detuvo.

–No digo que sea como para reírse. Me refiero a que no hablas como nosotros. Me gusta. Suenas… importante. Me gustaría hablar así –su mirada se volvió más aguda, como si quisiera sacarle algunas respuestas–. ¿Por qué hablas así?

–Porque soy británico.

–¿Quieres decir que eres de Gran Bretaña?

Richard asintió con la cabeza.

–Eso no es lo mismo que ser inglés, ¿no?

Richard guardó silencio. El chico sabía cosas que muchos adultos ignoraban.

–No exactamente. Yo sí que soy inglés también, o más bien soy inglés porque nací en Inglaterra. Pero hay mucha gente británica y eso quiere decir que son ciudadanos de Gran Bretaña, pero no son ingleses. Podrían ser escoceses, galeses y también podrían ser irlandeses del norte de Irlanda. Pero la mayor parte de esa gente odia que les llamen británicos. Prefieren que les llamen ingleses, escoceses, galeses o irlandeses. Yo digo que soy británico porque la mayor parte del resto del mundo desconoce la diferencia, y a la mayoría le da igual.

–Entonces dices que eres británico para que no te

hagan preguntas si realmente les da igual la respuesta. Yo hago preguntas porque me gusta saber cosas.

Richard le miró, sorprendido.

–Todavía no nos has dicho quién eres –dijo el chico, sin darse por vencido.

La señora dejó escapar un gruñido, avergonzada. Richard sintió que una sonrisa le tiraba de los labios.

–Tengo que decir que tú tampoco me has dicho nada más, aparte de tu nombre.

El chico ladeó la cabeza, indicando que comprendía el pequeño desafío.

–Tú eres el que ha venido a visitarnos, así que ya sabes cosas sobre nosotros. Nosotros no sabemos nada de ti.

Richard hizo una mueca risueña.

–Tienes razón. Conocer tu nombre me dice muchas cosas de ti, teniendo en cuenta todo lo que ya sé de tu familia, pero conocer mi nombre no te dice nada de mí. Y también tienes razón al insistir en querer saber quién soy. Eso es lo primero que necesitas saber de otras personas, para saber qué puedes esperar de ellos. Déjame presentarme mejor esta vez –extendió la mano.

El chico se la estrechó rápidamente y Richard hizo todo lo posible por retirarla lo antes posible.

–Me llamo Richard Graves y soy un antiguo… socio del doctor Sandoval.

–¿Eres médico?

–No.

–¿Entonces qué eres?

–Soy especialista en seguridad.

–¿Y eso qué es?

Nadie le había hecho esa pregunta jamás.

–Es muchas cosas en realidad. Y es todo muy importante. Ahora tiene mucha demanda. El mundo es un sitio peligroso, y es por eso que tu abuela se ha enfadado porque has abierto la puerta. Estoy seguro de que te ha dicho que no hagas eso.

El chico miró a su abuela con cara de culpable.

–Sí, me lo ha dicho. Mamita también. Lo siento, abuela.

–Tienes que prometerme que no volverás a hacerlo, Mauricio –dijo Richard. Tienes que hacer siempre, siempre, lo que te digan tu madre y tu abuela, ¿de acuerdo? La seguridad es lo más importante. Yo lo sé. Créeme.

El chico se limitó a asentir.

–Te creo… Te lo prometo –añadió de repente–. Bueno, entonces, ¿qué haces?

–Yo soy la persona a la que recurre la gente para sentirse seguros.

–¿Eres un guardaespaldas?

–Soy entrenador y proveo de guardaespaldas a la gente, a los bancos, a las empresas, a particulares, también para eventos públicos y privados, transportes y, por supuesto, para mi propio negocio y mis socios. También velo por la seguridad de la gente en su vida privada y cuido de sus negocios de otras formas. Protejo sus ordenadores y su información ante posibles pérdidas o piratas informáticos.

Los azules ojos de Mauricio brillaban cada vez más.

–¿Y cómo aprendiste a hacer todo eso?

–Mauri, ¿qué te he dicho de no hacer otra pregunta más cada vez que obtienes una respuesta? –la señora cerró los ojos, claramente mortificada–. ¡Bueno, en realidad mis modales dejan mucho que desear en este momento! –exclamó, avergonzada.

Se acercó a Richard y le tocó en el brazo, esbozando una sonrisa exquisita. Le recordaba mucho a Isabella, aunque apenas se le pareciera.

–Por favor, entre.

La cordial invitación inquietó a Richard mucho más.

–No se preocupe. No quiero interrumpirla. Ya me pasaré a ver a Isabella en otro momento.

La señora le apretó el brazo, impidiendo que se marchara.

–No interrumpe nada. Ya he hecho la comida y he actualizado la web en la que hago mi trabajo voluntario. Bella se ha quedado a dormir en el trabajo, pero el sábado solo trabaja medio día, así que llegará pronto.

–Será un placer que se quede a comer con nosotros –añadió la señora, notando su vacilación.

El chico le agarró del otro brazo.

–Sí, por favor. Me puede contar cómo aprendió a hacer todo lo que hace. ¡Su trabajo es tan guay como el de un superhéroe!

La señora le dedicó una mirada reprobatoria a su nieto.

–El señor Graves no está aquí para entretenerte, Mauri.

El chico asintió.

–Lo sé. Ha venido a ver a Mamita. Pero tendrá que hacer algo mientras esperamos a que llegue.

Al ver que Richard titubeaba, el chico cambió su táctica de negociación.

–Si su trabajo es secreto y no puede hablar de ello, puedo enseñarle mis dibujos.

Richard miró al chico. Pintaba, al igual que él, pero nadie conocía esa faceta suya.

La inquietud crecía por momentos, pero sabía que no había escapatoria posible. De alguna manera el niño y la abuela habían conseguido acorralarle.

Asintió con la cabeza. Mauricio sonrió de oreja a oreja y tiró de él, entusiasmado. Una vez le hizo atravesar el umbral, le soltó y echó a correr.

–¡Voy a buscar mis cosas! –le gritó por encima del hombro.

Richard se adentró en la casa de Isabella. La señora cerró la puerta y le condujo hacia al interior de la casa.

–Soy Marta, por cierto, la madre de Isabella, por si no se había dado cuenta. No sé si Bella le habrá hablado de mí alguna vez.

No lo había hecho. Isabella jamás le había hablado de su familia. Había investigado un poco por cuenta propia, pero solo había encontrado datos muy generales de su vida hasta los trece años de edad. A partir de ese momento todo rastro había sido borrado y no aparecía nada más hasta su matrimonio con Burton. Posteriormente se había enterado de que ella también había eliminado todo lo referente a su vinculación con Burton, pero por aquel entonces no se había molestado en intentar rellenar las lagunas, pensando que no eran relevantes para su misión.

Tampoco se había cambiado el nombre.

De repente Richard reparó en algo. Se detuvo. Marta hizo lo mismo. Su mirada era un interrogante.

–En cuanto su nieto ponga en marcha esa mente lógica que tiene, se dará cuenta de que usted tampoco ha seguido su propia norma de seguridad. No comprobó que conocía a Isabella, y aunque la conozca, tampoco se ha asegurado de que puede dejarme entrar en su casa.

La señora le restó importancia a su argumento.

–Oh, estoy segura de que la conoce muy bien, y sé que es seguro dejarle entrar.

Richard sintió una calidez desconocida hasta ese momento. Se le propagaba por el pecho rápidamente. Jamás había experimentado esa confianza ciega que la madre de Isabella depositaba en él en ese momento. Ni Murdock, ni Rafael, ni la propia Isabella habían confiado en él de una forma tan rotunda y rápida.

Pero semejante confianza era inusual en una persona de la edad de Marta, alguien que además había crecido en un país donde el peligro era parte de la cotidianidad para muchos.

¿Estaba bajando la guardia porque le había parecido un hombre refinado y educado? Si era así de confiada con todos los extraños, podía llegar a exponerlos a muchos peligros.

Marta le invitó a seguir adelante, pero Richard no se movió.

–¿Cómo ha llegado a esa conclusión? ¿Su hija le ha hablado de mí alguna vez?

–No –Marta sonrió–. Y luego me va a tener que dar alguna explicación que otra. Pero una vida larga y azarosa me ha hecho aprender a juzgar a la gente con mucha precisión. Todavía no me he equivocado con nadie.

Richard hizo una mueca.

–¿Cree que tiene un radar antipeligro infalible? Eso es casi peor que la falta de prudencia.

Marta se rio a carcajadas.

–Entonces primero tiene miedo de que deje entrar a cualquiera que se presenta en nuestra puerta, y ahora piensa que he sobrestimado mi capacidad de juicio –volvió a tirarle del brazo. Parecía que la conversación le divertía–. No se preocupe. No soy una ingenua, y tampoco soy demasiado confiada. Creo que he logrado ejercer con eficacia un cierto término medio.

–¿Un término medio? Cree que soy inofensivo.

Marta se rio de nuevo.

–Antes confundiría a un tigre con un gatito –dijo, sin dejar de sonreír–. Creo que usted es extremadamente peligroso. Sé identificar a un depredador cuando lo veo, y ninguno me ha parecido tan letal como usted, pero también estoy segura de que no va a por los inocentes e indefensos. Me da la sensación de que su dieta básica son aquellos cuyas presas son los indefensos.

Richard guardó silencio. ¿Cómo era posible que una mujer que acababa de conocerle pudiera leerle el alma con tanto acierto?

–Así que… sí. Le he dejado entrar porque, más allá de los detalles personales que desconozco, me bastó con mirarle una vez para saber quién es. En medio del desastre, y cuando todos los demás están asustados y resultan inservibles, sería a usted a quien recurriría para salvar a mi familia.

Richard se rindió. Más allá de esa aparente simplicidad se escondía una sabiduría profunda, nacida de odiseas infinitas. La mujer que tenía delante había visto y sobrevivido a muchas cosas. Marta volvió a tirar de él y esa vez la dejó guiarle. Accedieron al salón de la casa, que parecía sacado de una comedia familiar.

–Mauri tampoco abre la puerta nunca. No sé por qué lo hizo esta vez.

Richard contrajo los labios y se sentó en un enorme butacón con un estampado floral.

–Probablemente se imaginó que era yo quien iba a defender su casa contra los ejércitos de alienígenas invasores… incluso antes de verme.

Marta se echó a reír. Richard ya sabía que no se ofendería con sus bromas cáusticas.

–Puede bromear todo lo que quiera sobre ello, pero a lo mejor tiene razón. Mauri es un niño muy sensitivo. En muchas ocasiones se ha dado cuenta de cosas que no tendría por qué haber sabido, y ha sentido cosas mucho antes de que pasaran.

Sin darle tiempo a pensar, la señora entrelazó las manos bajo la barbilla.

–Y ahora déjeme que le ofrezca algo de beber. Y quédese a cenar, por favor.

–A lo mejor Isabella prefiere que no me quede.

–Yo quiero que se quede. Y Mauri también. Bella no puede decirnos que no a ninguno de los dos, así que está a salvo en ese sentido.

Richard no tuvo más remedio que rendirse.

–Un té, por favor, si tiene.

–Bella nos ha aprovisionado con todo tipo de tés. Es lo único que bebe.

Había sido él quien la había introducido en el arte de beber té. Gracias a él se había hecho adicta, como ella misma había admitido. Y al parecer no lo había dejado.

–Earl Grey. Bien caliente, por favor.

Marta se alejó.

–Vuelvo enseguida.

Una vez solo, Richard no pudo evitar sucumbir a los pensamientos que le asediaban. Isabella había dado a luz a un niño suyo. Había luchado por su vida estando embarazada. ¿Cuándo se había dado cuenta, antes o después de marcharse? De repente todo ocurrió al mismo tiempo. Se oyó el sonido de la porcelana al tambalearse sobre una bandeja y una estampida de pasitos descendió por las escaleras. La puerta principal, además, se abrió en ese momento.

Isabella.

Tanto Marta como Mauricio se dirigieron a él, ignorando la llegada de Isabella hasta el momento en que entró en la estancia. Richard contempló esos ojos gloriosos al tiempo que Mauricio se arrojaba a los brazos de su madre. Marta también la recibió con mucha alegría, pero Isabella solo tenía ojos para él. Si se hubiera podido matar con una mirada, a esas alturas Richard ya hubiera sido un cadáver.

Mauricio no tardó en darle todos los detalles del encuentro a su madre y Marta le dedicó una cariñosa reprimenda por no haberles hablado nunca de Richard.

Isabella guardó silencio y entonces, a pesar de la enorme inquietud que debía de sentir a causa de su presencia, le ofreció una maravillosa mirada a su familia que Richard jamás había visto. Era una expresión vivaz, de auténtica alegría por estar de vuelta en casa. Marta, que no quería arriesgarse a que su hija estropeara el plan de la cena, se apresuró a anunciar que dejarían el té para más tarde.

Richard no tuvo más remedio que reconocerle el mérito a Isabella. Durante toda la cena se las arregló para contener las ganas de clavarle un tenedor en el ojo. Marta había preparado un exquisito festín de comida colombiana casera y la velada se prolongó más de cuatro horas. La hermana pequeña de Isabella, Amelia, y sus dos hijos, llegaron en mitad de la cena y se sumaron a la agradable reunión familiar. Ese era el ritmo habitual de la casa. Al igual que habían hecho Mauricio y Marta, los recién llegados le trataron como si le conocieran de toda la vida. Pocos minutos después de su llegada ya se había enterado de que el marido de Amelia estaba finiquitando un contrato en Argentina y que se reuniría con ellos en los Estados Unidos al año siguiente. Hasta entonces se quedarían en casa de Isabella.

Habiendo crecido en una casa dominada por un padre militar y una madre muy conservadora, Richard no sabía lo bulliciosa que podía llegar a ser una familia, pero parecía que todo el mundo estaba más contento de lo normal, debido a su presencia. Todo el mundo excepto Isabella…

Después de la cena todos se retiraron a la sala de estar y Marta le sirvió su Earl Grey. Mauricio hizo uso de su tono más serio para decirle que tendrían que dejar para otro día lo de los dibujos. Al parecer no confiaba en que los niños pequeños respetaran sus obras de arte y además le dijo que no tendrían la paz que necesitaban para discutir sobre ellas. La reunión se prolongó durante una hora más. Todos le hacían infinidad de preguntas y estaban pendientes de cada una de sus palabras. Reían con todas sus ocurrencias.

Mauricio y los pequeños, Diego y Benita, comenzaron a bostezar, así que Marta y Amelia se los llevaron a la cama, dejándole a solas con Isabella por primera vez.

–Ahora te levantarás y saldrás de aquí –le dijo ella, sin siquiera volver la mirada hacia él–. Y no volverás jamás.

Richard suspiró y se echó hacia delante para servirse otra taza de té. Se acomodó más en el asiento y le dedicó una mirada desafiante.

–¿Vas a obligarme?

–Haré lo que sea necesario. Saqué a mi familia de un país que está lleno de matones como tú, y no voy a dejar que ninguno vuelva a acercarse a ellos.

El comentario llamó poderosamente la atención de Richard. Tenía que conseguir lo que quería dando un rodeo.

–¿Matones como yo? ¿Qué clase de matón crees que soy?

–Conozco muy bien a los de tu calaña.

–Dispara entonces.

–Ojalá pudiera. Justo entre esos dos ojos de serpiente.

La frase tomó a Richard por sorpresa. Echó la cabeza hacia atrás y se rio.

–Si supieras…

La burla fue la gota que colmó el vaso.

–¿Qué se supone que significa eso? –le preguntó, volviéndose hacia él.

–Hubo un tiempo en que mi nombre en clave era Cobra, así que has evaluado con mucha precisión mis cualidades sibilinas.

–Claro que soy precisa. Y en cuanto a la clase de serpiente que eres, creo que debiste de ser el rival mafioso de Burton, si no te envió otro cártel para destruir a la competencia. Aunque tu imagen permanece intacta y sin mácula, yo sé quién eres en realidad. Eres un criminal.

Richard frunció los labios a modo de burla.

–Y no te molestes en decirme que yo también lo soy. Llévame ante los tribunales o cállate. Pero esto te lo digo aquí y ahora. Haré lo que sea para que nunca vuelvas a acercarte a mi familia.

Richard bebió otro sorbo de té.

–Todo eso ya lo sabías cuando me dejaste acercarme a ti de nuevo, y cuando me dejaste estar dentro de ti.

–Eso fue entre los dos, pero ahora se trata de mi familia, y las reglas han cambiado. Te aseguro que no querrás saber de qué soy capaz para protegerlos.

–Sí, quiero averiguarlo. Cuéntame qué cosas horripilantes has hecho por ellos. ¿Quién sabe? A lo mejor consigues que te deje en paz.

–Lo que haya hecho en el pasado es irrelevante ahora. Lo que haría sería especialmente diseñado para ti, hecho a tu medida. Y sería una sorpresa.

–¿Como lo de Mauricio?

–¿Por qué iba a ser una sorpresa mi hijo adoptado?

Richard optó por guardar silencio. ¿Era esa la historia que iba a intentar venderle? Teniendo en cuenta lo que había tardado en contestar, estaba claro que lo había preparado todo muy bien.

–¿Por qué has venido? –preguntó ella, levantándose.

Él se terminó el té, dejó la taza sobre la bandeja y se puso en pie también.

Ella dio un paso atrás de inmediato. No era que no confiara en él. Era en ella misma en quien no confiaba.

–He venido a buscarte –le contestó, encogiéndose de hombros–. Y ellos me han tendido una trampa. No hay quien escape de tu madre y de tu hijo, como ya debes de saber.

–Sí, claro. El imparable Richard Graves por fin encontró rival.

–Ya lo creo. Tu madre y tu hijo no se dejan vencer fácilmente. Y tu hermana y sus pequeños tampoco se quedan atrás. ¿Qué crees que debería haber hecho para huir de sus atenciones? ¿Acaso tendría que haberles enseñado los colmillos?

–Vaya. Estoy segura de que les va a encantar la opinión que tienes de ellos. Pero, sí. Bastaría con que vieran tu verdadera cara una vez y esa lengua bífida que tienes para que salieran huyendo despavoridos. Pero te has pasado toda la noche intentando caerle en gracia a un club femenino.

–¿Qué puedo decir? La comida de tu madre es capaz de amansarme hasta a mí y tu pequeño clan es muy… divertido. Son un público ejemplar. Y son tuyos, así que no me convenía marcarles de por vida enseñándoles los dientes.

–A ver si lo entiendes. Hacerte el bueno con mi familia no te va a hacer ganar puntos conmigo, ya que eso es la única cosa por la que no podría perdonarte. Pero basta ya de esto. Dame tu palabra de que no volverás.

Richard levantó las cejas.

–¿Crees que mi palabra vale algo?

–Sí.

Richard se sorprendió. Parecía creer en su palabra de verdad, a pesar de todo.

–Entonces, a lo mejor es que no me conoces en absoluto.

Marta y Amelia entraron en ese momento. Ante una nueva invitación, Richard les prometió que volvería a visitarlas y entonces se despidió. Las mujeres le acompañaron hasta la puerta y se quedaron allí hasta que el coche se alejó.

Isabella se quedó dentro, al margen de todo.

Era mejor dejar las cosas como estaban.

Capítulo Seis

Después de que Richard se marchara, Marta y Amelia la asediaron a preguntas. Isabella hizo uso de todos sus recursos verbales para esquivar el interrogatorio y las sospechas. Las hipótesis que barajaban incluían toda clase de ideas peregrinas y su madre, a juzgar por la expresión de sus ojos, era la única que sospechaba que era el padre biológico de Mauri.

Isabella mantuvo la compostura hasta que se encontró sola en su habitación, preparándose para irse a la cama. Richard Graves había amenazado con castigarla porque se había atrevido a desafiarle, pero solo quería hacerla sufrir un poco. Al final terminaría desapareciendo de su vida de nuevo en cuanto consiguiera lo que quería. Hecha un manojo de nervios, se dejó caer sobre las almohadas y el sueño no tardó en apoderarse de ella.

A la mañana siguiente se despertó como si hubiera pasado toda la noche a la deriva en mitad de una tormenta. Y en realidad había sido así. Sus sueños habían sido un torbellino lleno de imágenes de Richard, del pasado y del presente. Siempre había causado estragos en ella, en el sueño y en la vigilia. Nunca había encontrado la forma de escapar de él.

De camino a la oficina, se preguntó si debía decirles la verdad a Rose y a Jeffrey. Lo había intentado después de dejar a Richard el día anterior, para arrebatarle esa baza, pero no había tenido oportunidad de sacar el tema. Rose y Jeffrey tenían una agenda muy apretada, así que había quedado en reunirse con Rose a primera hora de la mañana. Esa era la única forma de asegurarse un poco de tiempo con ella.

Pero si Richard desaparecía de nuevo... ¿Debía contarles toda la verdad sobre su pasado a Rose y a Jeffrey? ¿Y si eso les hacía temer por su propia seguridad? ¿Y si dejaban de sentirse seguros con ella?

De repente se vio acorralada contra la puerta que acababa de cerrar.

–Llegas tarde.

Richard estrelló los labios contra los suyos con brusquedad, invadiéndola con su sabor. Extendió las manos alrededor de sus muslos y la levantó en el aire hasta hacerla rozarse contra su erección. Su lengua la llenaba una y otra vez, sofocando todos sus gemidos.

–Richard...

–Sí. Déjame oír tus quejidos. Compénsame por la noche agónica que he pasado. Te necesitaba debajo de mí, a mi lado.

Un escalofrío recorrió a Isabella al sentir sus manos por debajo de la blusa y el sujetador. Se inclinó sobre ella y le cubrió uno de los pezones con los labios.

Isabella le empujó y se zafó como pudo.

–¿Qué estás haciendo aquí? –le preguntó él de repente.

Al oír su pregunta Isabella se volvió con un gesto de incredulidad en el rostro.

–Voy a hacer como que no he oído eso.

–Te dije que zanjaras la sociedad con los Anderson.

¿Y qué has hecho tú? Viniste a trabajar ayer y has vuelto hoy. Creo haberte dejado claro que esta es la única cosa en la que no voy a ceder.

Isabella le dedicó una mirada llena de desdén.

–No tienes que ceder. Solo tienes que largarte de aquí.

De repente él sacó el teléfono móvil de su bolsillo y apretó un botón. Alguien atendió la llamada en cuestión de segundos y entonces se oyó una voz profunda al otro lado de la línea.

–¿Señor?

Sin quitarle la vista de encima, Richard fue al grano.

–Murdock, necesito una orden judicial para cerrar Anderson Surgery Center en cuarenta y ocho horas.

Terminó la llamada y continuó mirándola.

–¿Por qué quieres que deje de trabajar aquí? –exclamó Isabella, desconcertada–. ¿Por qué te importa tanto? ¿Se trata de mí o…? –una sospecha irrumpió entre sus pensamientos con toda claridad–. ¿Se trata de Rose? ¿Descubriste su relación con Burton y has venido para borrar todo rastro de él, incluyendo a todos los que le conocían? Si es así, ¿solo me quieres fuera de juego para que no les advierta sobre ti? ¿Y ahora has decidido golpear directamente porque no he querido cooperar y he arruinado tus tácticas sigilosas?

La desesperación de Isabella se convirtió en furia mientras intentaba defender a sus amigos.

–Rose y Jeffrey son las mejores personas que he conocido en toda mi vida, y moriría antes de dejar que te acerques a ellos. Y no es una forma de hablar.

Richard ladeó la cabeza con cinismo, como si no hubiera oído ni una sola palabra de todo su discurso.

–¿Cómo los conociste?

–¿Qué?

–No hay evidencias que establezcan un vínculo inicial, ni tampoco de una amistad creciente. No hay llamadas y correos electrónicos, y yo quiero saber cómo lo hiciste.

–Conocí a Rose en un congreso en Texas hace cuatro años.

–¿Y? Quiero saber cómo es que ellos terminaron pidiéndote que fueras su socia.

Isabella le miró confusa. ¿Adónde quería llegar con aquel interrogatorio?

–Yo… sentí una cercanía inmediata con Rose. Creo que la sensación fue mutua, porque ella me contó una buena parte de su vida mientras esperábamos para asistir a una conferencia a última hora. Me sorprendió enterarme de que Burton había sido su padrastro.

Richard apretó la mandíbula y le hizo señas para que siguiera adelante.

–Yo no le conté nada sobre mí, pero ese sentimiento de amistad creció cuando supe que nuestras vidas habían estado marcadas por el mismo monstruo. Ella sentía lo mismo. Después mantuvimos la amistad. Hablábamos a diario por videoconferencia. Prácticamente diseñamos y decoramos este sitio de esa forma. Jeffrey y ella insistían en que me viniera a vivir a los Estados Unidos y en que fuera su socia. En cuanto pude, me vine aquí con mi familia, pensando que así les estaba dando la oportunidad de tener una nueva vida, más segura. Y entonces apareciste tú para estropearlo todo.

Los ojos de Richard se oscurecieron con una pesadumbre que Isabella no era capaz de descifrar.

–No quiero estropearlo todo. Ya no más.

–Sí, claro. Por eso vas a cerrar la clínica que tantos años les ha costado construir, y en la que han invertido todo su dinero.

–Todo depende de ti. Vete de aquí, y yo también lo haré.

–¿Quieres decir que les dejarías en paz, de verdad? ¿No lo habrías hecho al final de todos modos?

–Ya te he dicho que voy a por ellos para obligarte a que te vayas. No tengo interés en sabotearles el negocio.

–¿Entonces no se trata de Rose? ¿No vas a por ella?

–No se trata de ella –antes de que pudiera decirle nada, extendió el brazo y tiró de ella, apretándola contra su pecho–. Pero a por ti sí que voy, como bien sabes, así que supongo que después de todo sí que podemos negociar. Te propondré un trato.

–¿Qué trato? –le preguntó ella, resistiéndose.

–Quiero que salgas de aquí, y te quiero a mi lado. Tú también me deseas, pero necesitas una garantía de seguridad para tu familia, así que este es el trato: aceptarás todo lo que yo puedo ofrecerte y estarás a mi lado todo el tiempo posible dentro de lo que nuestros horarios nos permitan. Yo, por mi parte, te prometo que me mantendré lejos de tu familia… pero solo si tú te mantienes alejada de la mía –añadió finalmente.

Isabella le dio un empujón y se apartó de golpe. La revelación la había dejado sin palabras.

–Burton también fue mi padrastro.

***

Richard jamás hubiera querido darle esa información a Isabella, pero cuando se trataba de ella las cosas siempre salían al revés. Antes de que pudiera hacer o decir nada más, la puerta se abrió tras un breve golpecito.

Rose.

Apartando la mirada de la hermana a la que hacía tanto tiempo que no veía, se volvió hacia Isabella. Esta continuaba mirándole boquiabierta. Apenas había reparado en la llegada de Rose.

–La dejaré con su visita, doctora Sandoval. Luego hablamos.

Richard se volvió y Rose parpadeó. Se movió como si acabara de aterrizar en la realidad tras un sueño.

–No se vaya, por favor.

Richard le dedicó su mirada más impersonal.

–Estaba a punto de marcharme –dijo, y se dirigió hacia la puerta, pero Rose le agarró del brazo justo cuando estaba a punto de salir.

Impaciente por marcharse, Richard arqueó una ceja. Necesitaba zanjar el encuentro lo antes posible.

–¿Rex?

Richard sintió que todo el cuerpo se le encogía por dentro, pero se mantuvo firme.

–Debe de haberme confundido con otra persona. Me llamo Richard. Richard Graves.

Le lanzó una mirada de advertencia a Isabella, por si acaso, pero no hubiera hecho falta en realidad. Isabella parecía haber perdido el habla. Sin darle oportunidad a decir nada más, Richard se dio media vuelta y se alejó. Una vez dentro de su coche, arrancó como si lo persiguieran mil demonios y salió a toda velocidad.

***

Dos horas más tarde, después de haberse tomado un par de copas y de haber hecho cien largos en la piscina, Richard ya tenía un plan. Acababa de salir de la ducha cuando el intercomunicador que jamás sonaba lo hizo de repente. El conserje se deshizo en disculpas, alegando que debía de ser una falsa alarma. No había dejado subir a nadie en más de seis años, pero había una señorita que insistía en verle.

Isabella.

Se le había adelantado.

Una ola de emoción lo atravesó por dentro al tiempo que le hacía saber al conserje que Isabella podía subir cuando quisiera. Corrió a vestirse, pero ella llegó a la puerta tan rápido que solo le dio tiempo a ponerse unos pantalones. En cuanto la vio en el umbral, quiso llevarla a la cama, hacerle el amor y olvidar todo lo que tenían que hacer.

–Isabella…

Ella le empujó y entró en la casa. La siguió a través del ático, sin saber qué hacía.

Se dirigía hacia su dormitorio. Y se estaba quitando la ropa. Una vez llegaron a la habitación apenas podía verla, pero entonces recordó que podía hacer que se encendieran las luces con un mero susurro. El espacio se inundó de una luz cálida y tenue, realzando su belleza con un resplandor dorado y sombras misteriosas. Al llegar al pie de la cama, se volvió hacia él. Solo llevaba unas braguitas blancas y unas sandalias de tacón. Los ojos le brillaban.

Richard se acercó. Esperó a que hiciera o dijera algo, pero ella se mantuvo allí de pie, observándole.

Contempló su voluptuosidad. Sus caderas eran ricas en feminidad, su cintura dibujaba una curva perfecta. Tenía unas piernas largas y estilizadas, hombros anchos y fuertes. Cada contorno de su cuerpo representaba la perfección de la belleza femenina. Dio un paso adelante y le acarició el trasero y la espalda, reservando el abdomen para el final. Se la imaginó embarazada con el pequeño que había nacido de alguna de aquellas noches de delirio y pasión infinita. Deslizó las manos sobre su piel hasta llegar a sus pechos y se recreó en su gloriosa silueta. Apretó su carne firme. Los dedos le temblaban de la emoción. Rodeó los círculos sonrosados de sus pezones, esos que había saboreado tantas y tantas veces. Se habían vuelto más grandes, más oscuros, y ya sabía por qué. Ella se echó hacia atrás de repente y se puso de rodillas. Con manos temblorosas le bajó los pantalones.

—No pude tocarte y saborearte de nuevo… —dijo.

Richard sintió cómo le palpitaba el miembro en sus manos y entonces se dejó embargar por una ola de infinito alivio mientras ella le daba placer, frotando su rostro contra su pene erecto, aspirando y mordisqueando. De pronto, dejando escapar un sofocado gemido, abrió la boca alrededor de su prepucio y deslizó su lengua caliente por encima, abarcando toda la superficie y gimiendo una y otra vez mientras lamía su dura erección como si intentara saciar la sed de muchos años. Con solo verla agachada frente a él, abrazada a su erección, Richard sintió que estaba al borde del orgasmo. Comenzó a acariciarle el cabello y se lo apartó de la cara para poder ver cada expresión de su rostro. Se inclinó sobre ella y le deslizó las manos por la espalda, sobre la curva de sus caderas. Ella empezó a frotarse sinuosamente contra sus piernas, y Richard supo que había perdido la batalla.

La hizo incorporarse y la tumbó sobre la cama. Ella se subió encima de él y se sentó a horcajadas sobre sus caderas, deslizando su sexo húmedo contra su erección. Él le quitó las braguitas y le metió los dedos en el trasero, haciéndola gritar de placer al tiempo que le besaba.

Ella introdujo la lengua en su boca y la enroscó con la suya. Era como si quisiera sacarle todo lo que tenía dentro.

–Hazme tuya, Richard –le susurró, abandonada al frenesí del momento–. ¿O prefieres que te llame Rex?

Richard sintió que algo se quebraba en su interior. Era su autocontrol.

La penetró con un movimiento firme, invadiendo su sexo mojado hasta el fondo. Ella gimió profundamente, casi al mismo tiempo que él. Era el sonido del placer insoportable.

En la segunda embestida él volvió a jadear. Se incorporó entre sus piernas y le sostuvo la mirada, sujetándole la cabeza con una mano mientras que con la otra le presionaba el hombro contra la cama.

–Hazlo. Házmelo todo –le suplicó ella.

Él obedeció, empujando una y otra vez, arrancando de sus cuerpos todas las sensaciones de que eran capaces.

Sus gritos de placer fueron en aumento y entonces comenzó a aplastarse contra él. Unos segundos después Richard la sintió romperse a su alrededor. Su carne lo bañó de calor y sus músculos se contrajeron, buscando el desahogo que no tardaría en llegar.

Richard cabalgó a través de los cachones de su orgasmo a un ritmo furioso, alimentando su delirio.

—Llega conmigo…

Lo hizo. Hundiéndose en su útero y rindiéndose al orgasmo más violento que había experimentado jamás, llenándola de su esencia chorro tras chorro.

Cuando todo terminó, no fue capaz de separarse de ella. No se imaginaba capaz de hacerlo jamás. Tenía que tenerla así siempre, apretada contra su piel, temblando de placer.

No pensó en nada más hasta que la sintió estremecerse. Frunciendo el ceño, se levantó y recogió las mantas de la cama. La arropó bien y se abrazó a ella para darle más calor.

—Entiendo que has decidido aceptar mi trato, ¿no?

—No. Esto ha sido el cierre que ambos necesitábamos antes de decirte que no lo haré.

Sus manos, que le acariciaban la espalda y el trasero en ese momento, se detuvieron. No era una broma. Hablaba muy en serio.

Y entonces le dijo por qué.

—No puedo tenerte en mi vida y esperar que todo vaya a seguir igual. Llevo demasiado tiempo luchando duro, y hay demasiadas personas que dependen de mí como para introducir a alguien tan destructivo como tú en mi vida. Yo soy el pilar sobre el que descansa mi familia y, si me haces daño, y estoy segura de que lo harás, todo se romperá en mil pedazos. Eso no lo puedo permitir.

Richard se incorporó para mirarla a los ojos. Se sentía como si acabara de convertirse en piedra.

Ella se levantó también.

–Para poder cerrar bien las cosas, y para que no queden cabos sueltos entre nosotros, también he venido para decírtelo todo de una vez y por todas. Es la única forma de zanjar las cosas de una buena vez, para siempre.

Capítulo Siete

Richard dejó que Isabella se fuera de su lado. La observó mientras se dirigía al cuarto de baño. Solo llevaba puestas las sandalias. No se las había quitado en ningún momento. No tardó en salir y entonces, sin mirarle, se inclinó para recoger las braguitas. Las volvió a tirar de inmediato al darse cuenta de que estaban rotas y abandonó la habitación. Richard se levantó rápidamente y, poniéndose los pantalones, fue tras ella.

Al llegar junto a la piscina, ella se sentó en el butacón sobre el que habían estado a punto de hacer el amor aquella primera noche.

—Empezaré —le dijo, y entonces hizo una pausa para tragar—. Te lo contaré todo, mi parte de la historia, pero solo si me prometes que harás lo mismo y me contarás toda la verdad también.

—¿Y si te lo prometo, me cuentas todo, y no cumplo mi parte del trato?

Isabella dejó caer los hombros.

—No hay nada que pueda hacer. La primera verdad que tengo que admitir es que estoy a tu merced. El desequilibro de poder entre nosotros es incalculable. Yo soy vulnerable de muchas formas, mientras que tú no tienes ni un solo punto débil. Puedes obligarme a hacer lo que quieras.

Richard guardó silencio y se sentó junto a ella.

–Antes dijiste que te fiabas de mi palabra. Si realmente piensas eso, la tienes, pero tengo que advertirte algo. Probablemente terminarás deseando no haberme pedido que te contara toda la verdad. Te resultará horripilante.

–Después de todo lo que he pasado en mi vida, nada podría sorprenderme ya. ¿Puedo tomar una copa primero? –le preguntó.

Richard estaba desconcertado. Jamás la había visto tan… indefensa.

Se dirigió hacia el bar y le preparó uno de sus cócteles favoritos.

El día que había encerrado a Burton en la mazmorra más profunda del planeta, había contemplado el cóctel que había preparado con tanto esmero y se había enfrentado a la cruda realidad de que ella jamás volvería. Y entonces había estrellado la copa contra la pared.

Se sirvió un whisky, rompiendo así la regla de no tomar más de dos copas al día, y regresó junto a ella.

Isabella se tomó el cóctel de un trago en cuanto lo tuvo en sus manos.

–Para poder explicarte cómo llegué a casarme con Burton, tengo que empezar la historia unos años antes.

Richard apretó la mandíbula y se tomó el whisky.

–Probablemente conoces el principio de mi historia. Sabrás que nací en Colombia. Mi padre era médico y mi madre enfermera. Era la mayor de cinco hermanos. Mi rastro se borra cuando cumplí trece años. En ese momento mi familia fue obligada a abandonar su hogar, junto con miles de familias más. Terminamos viviendo en un barrio marginal de Bogotá, pero mis padres se esforzaron para darme una formación médica y yo enseñaba a mis hermanos en casa. Todo el mundo buscaba nuestros servicios médicos, sobre todo las guerrillas, que siempre nos necesitaban para que curáramos a sus heridos. Y entonces, un día, cuando yo tenía diecinueve años, fuimos a atender al hijo de uno de los señores de la droga más poderosos de la región, y Burton, que estaba allí cerrando un trato, me vio. Más adelante me dijo que yo le había golpeado –Isabella se dio un golpe en el pecho, sobre el corazón– como nada lo había hecho antes.

Richard sintió que el corazón le daba un vuelco. No estaba preparado para oír todo eso. Se puso en pie y fue hacia el bar. Tomó la bandeja con bebidas. Seguramente necesitaría emborracharse esa noche para poder soportar todo aquello.

Sirvió dos bebidas. Ella tomó la suya, bebió un sorbo y entonces hizo una mueca al notar lo fuerte que estaba. Bebió otro sorbo antes de proseguir, no obstante.

–Más adelante vino a nuestra casa para negociar con mis padres. Mi padre se negó a hacer un negocio así. Se enfadó tanto que empujó a Burton. Un segundo después estaba muerto.

Richard la miró a los ojos sin decir ni una palabra.

–El guardaespaldas de Burton le mató por haber intentado agredir a su señor. Antes de que yo pudiera procesar lo que acababa de ocurrir, Burton le metió una bala en la cabeza al asesino y entonces se volvió hacia mí, deshaciéndose en disculpas. Mi madre estaba enloquecida, intentando revivir a mi padre, y yo no tuve más remedio que enfrentarme al monstruo que había venido a comprarme. El encaprichamiento enfermizo que veía en sus ojos me hizo entender que no era buena idea resistirme, que mi familia pagaría un precio aún más alto si lo hacía. Aunque no quisiera verme a merced de semejante monstruo, ya había tenido que lidiar con cosas horribles en la vida, y sabía que podía hacer cualquier cosa para sobrevivir, y para asegurarme de la supervivencia de mi familia. Y si era capaz de manipular ese encaprichamiento que le dominaba, entonces podría usar su poder para salvar a mi familia, y a muchos otros, así que me tragué mi horror, mi angustia, y dije que sabía que no quería hacernos daño a ninguno de nosotros, pero que me diera tiempo para lidiar con el dolor y la pérdida, y para llegar a conocerle. Él se mostró encantado de que mi reacción no hubiera sido el rechazo que esperaba después del «catastrófico error» del asesinato de mi padre, y me prometió todo el tiempo del mundo. Y todo lo que quisiera. Yo le dije que solo quería que mi familia pudiera irse a los Estados Unidos, que pudieran vivir legalmente, sin pasar vicisitudes. Él me dijo que ese solo sería el primero de los muchos regalos que me haría a partir de ese momento. Al día siguiente me encontré frente a la tumba de mi padre, con el hombre que había sido responsable de su muerte. Antes de que Burton me llevara de allí, les prometí a mis amigos que volvería para ayudarles en cuanto pudiera.

La mano de Richard temblaba como nunca antes lo había hecho. Agarró la botella de licor y bebió un buen sorbo, saboreando las nuevas torturas que planeaba para Burton.

Isabella siguió adelante.

—En menos de un año nos consiguió la residencia permanente a través de un programa de inversiones.

Mis hermanas y mi hermano estaban en el colegio y mi madre hacía voluntariado en orfanatos y refugios. Burton tiró de algunos hilos para que me convalidaran la experiencia por algunos cursos universitarios que eran necesarios para acceder a la escuela de medicina. Y entonces, cuando iba a cumplir veinte años, se me declaró. Aunque le tuviera en mis manos, teniendo en cuenta su comportamiento feroz con los demás, estaba segura de que no dudaría en matarnos a todos si no conseguía su parte del trato, así que no tuve más remedio que aceptar, con una sonrisa fingida. Después de una boda por todo lo alto, yo desempeñé el papel de la esposa devota y le saqué el mayor partido posible a su debilidad por mí. Afortunadamente, no tuve que sufrir muchos encuentros sexuales, ya que casi nunca buscaba tener relaciones completas. Y yo perfeccioné el arte de mostrarme encantada con sus continuos tocamientos.

Richard sintió que la cabeza le iba a estallar, así que arrojó la botella medio vacía al otro lado de la piscina, furioso. El cristal impactó contra una ventana y la hizo añicos.

Isabella se encogió ante tanta violencia, pero él la animó a seguir.

—Y también tenía que dar gracias porque se había hecho una vasectomía cuando tenía treinta y tantos. Un día me dijo que podíamos tener un hijo si yo lo deseaba, pero yo le dije que mis hermanos pequeños siempre habían sido como mis hijos, y que quería centrarme en mi educación y en mi trabajo humanitario, pero sobre todo en él. Burton se mostró encantado, como siempre hacía con todo lo que me concernía. Yo seguí desempeñando el papel de la esposa perfecta de un hombre poderoso, haciendo un uso ostentoso de su riqueza, tal y como él quería que hiciera. Así logré reunir millones. Quería tener suficiente poder, educación, dinero y conocimiento para asegurar un buen plan de escape para mi familia. Y entonces apareciste tú.

Isabella apartó la mirada. Los ojos le brillaban.

–Cuando me pediste que me fuera contigo y me prometiste que me protegerías, yo creí que no sabías dónde te estabas metiendo, ya que no sabías hasta dónde llegaba mi vulnerabilidad, o el poder de Burton y su obsesión por mí. Pensé que aunque hubieras podido hacer desaparecer a mi familia, nos encontraría a todos, y que no serías capaz de protegerte a ti mismo, ni a nosotros, de su venganza. Ajena a tu verdadero poder, pensé que no eras rival para él y estaba convencida de que marcharme contigo era firmar una sentencia de muerte para todos nosotros. Entonces, un buen día, tú te fuiste, como siempre supe que harías, y yo conocí la agonía más terrible que he experimentado jamás. No fue porque mi familia fuera rehén de un monstruo como Burton, ni tampoco porque sus vidas dependieran de mí, de lo bien que podía hacer teatro. Fue porque había llegado a conocer lo que era la pasión en realidad para luego perderla y regresar a mi jaula, donde iba a llorar por ti para siempre.

–Isabella.

Ella levantó una mano y le hizo detenerse.

–Cuando pusiste tu plan en marcha, yo supe que en cuanto él averiguara que le había traicionado, se volvería feroz, así que huí con mi familia. Un año después, mi dama de compañía, que estaba casada con su nueva mano derecha, me dijo que las cuentas de Burton habían sido vaciadas y que ya no tenía forma de comprar la lealtad de nadie o protección. Me dijo también que acababa de desaparecer y que sospechaba que había sido asesinado. Yo no las tenía todas conmigo, pero decidí volver a Colombia cuando unos amigos me pidieron ayuda, desesperados. Utilicé todos los recursos que estaban a mi alcance, todo el secretismo, y usé el dinero que le había quitado a Burton para construir refugios y centros médicos para aquellos a los que no podía ayudar personalmente. Después de tres años sin novedades, me atreví a regresar a los Estados Unidos para asistir a un congreso, y allí conocí a Rose. Cuatro años más tarde, tras mucha insistencia por su parte para que abriéramos un negocio juntas, decidí establecerme aquí. Fue entonces cuando hice averiguaciones más exhaustivas. Descubrí que habías metido a Burton en esa cárcel fuera del sistema para los criminales más peligrosos y entonces pensé que por fin era seguro regresar. Una semana después tú apareciste de nuevo. Y aquí estamos.

Richard contempló a Isabella. Cada una de sus palabras se le había clavado en el pecho como un trozo de cristal.

—¿Y qué me dices de Mauricio?

Ella se volvió. Los recuerdos más terribles oscurecieron su mirada.

—Es tu hijo.

Richard ya estaba seguro de ello, pero oírlo de su boca le hacía sentir una vergüenza y un arrepentimiento inconmensurables.

—Descubrí que estaba embarazada justo antes de

que Burton sospechara que yo podía haber revelado sus secretos. Yo hubiera tenido que salir huyendo de todos modos, aunque no hubiera sospechado nada, porque enterarse de que estaba embarazada hubiera sido una traición mucho peor a sus ojos. Di a luz a Mauri cuatro meses más tarde, casi tres antes de los nueve meses. Durante semanas pensé que iba a terminar perdiéndole o que sufriría terribles secuelas. Tardé casi un año en tener la certeza de que no le iban a quedar secuelas por haber sido tan prematuro.

Sus miradas se encontraron y Richard sintió el peso de otro crimen más. Durante toda esa odisea él había estado ausente.

—Pero, como te he dicho antes, en aquel entonces no sabía la verdad, así que le llamé Ricardo, por ti. Para cuando me enteré de lo que habías hecho, no era capaz de soportar tu recuerdo cada vez que le llamaba. Tenía dos años entonces, y le llevó más de un año acostumbrarse a que lo llamaran por su segundo nombre, el de mi padre, y otro año más para olvidar su primer nombre.

Richard bajó la vista, avergonzado.

—Ahora te toca a ti.

Isabella se sentía desnuda, expuesta, pero también sentía un gran alivio. Se sentía liberada. Jamás había compartido todo aquello con nadie, ni siquiera con su madre y con sus hermanos. Richard levantó la mirada. Sus ojos brillaban, casi incandescentes. Su rostro era una máscara.

—Mi padre estaba en las Fuerzas Especiales en el

ejército británico. Fue expulsado y despojado de sus honores. Después de muchas inversiones fracasadas, terminó con muchas deudas y se unió a una banda de crimen organizado cuando yo tenía seis años. Él me entrenó en todas las disciplinas letales desde que nací, y yo era tan bueno que muy pronto me puso a trabajar con él. Yo no me di cuenta de lo que hacíamos hasta un par de años más tarde. Claro. Y entonces, un día, cinco años después, cuando Rose cumplió un año, sus socios vinieron a decirnos que le habían matado. Uno de esos socios comenzó a venir a nuestra casa con asiduidad. Y poco después mi madre me dijo que se había casado con él. El hombre era Burton, y vino a vivir con nosotros.

Isabella se incorporó y se sirvió una bebida, sin saber qué era.

–Yo sabía que Burton había matado a mi padre porque quería a mi madre. Se había obsesionado con ella, al igual que contigo. Pero mi madre no era igual de fuerte que tú, y muy pronto empezó a maltratarla. Y yo no podía hacer nada al respecto. Al igual que tú, yo tenía una casa llena de objetivos vulnerables. Sabía luchar muy bien, pero aún era pequeño. Aun matándole, hubiera destruido a mi familia. Me hubieran metido en un centro de menores y mi madre no hubiera podido seguir adelante sin mí, así que hice lo mismo que tú. Hice mi papel de chico obediente que le admiraba, y le mantuve contento. También intenté abrirle los ojos a mi hermano pequeño, pero Robert no era capaz de entender por qué era tan amable con Burton. Rose se puso del lado de Robert y Burton comenzó a divertirse atacándoles, primero verbalmente, y luego físicamente. Yo logré esconder el odio que sentía y me convertí en el discípulo perfecto, sabiendo que eso era lo único que le mantenía a raya. Podía matarles tan fácilmente como había matado a nuestro padre.

Isabella bebió otro sorbo. Los ojos se le llenaban de lágrimas por momentos.

—Cuando cumplí dieciséis años, Burton empezó a enseñar dinero por todos lados. Yo comencé a adularle más que nunca para ver si averiguaba de dónde estaba sacando tanto dinero. Un día me dijo que estaba trabajando para un cártel muy grande, una organización que secuestraba a niños y los vendía para convertirlos en mercenarios. Me dijo que podía ganar mucho si les entregaba a Rose y a Robert, que les estaría bien empleado. Yo sabía que lo haría, así que intenté disuadirle de ello de otra manera. Le dije que con ellos solo conseguiría dinero una vez, pero que si me convertía en uno de sus «entrenadores», podría tener todo el dinero que me pagaran mensualmente. Burton no se creyó aquello y no le hizo mucha gracia que intentara proteger a mis hermanos cuando siempre le había dicho que no los soportaba. También le pareció sospechoso que me ofreciera a darle todo el dinero. Yo intenté aplacar sus sospechas diciéndole que todos salíamos ganando. Le dije que así podría salir de la choza a la que llamábamos hogar, que me libraría de la familia a la que no soportaba y que tendría el mejor entrenamiento posible. Le dije que iba a darle todo el dinero para pagarle por haberme dado esa oportunidad, y que además no necesitaba tanto dinero, ya que la organización me pagaba todos los gastos.

Isabella había oído hablar de esa organización muchas veces durante los años que había estado casada con Burton. La magnitud del daño que hacían era abrumadora, pero lo que más le dolía era enterarse de que Richard se había ofrecido a ser vendido para salvar a sus hermanos. La idea era insoportable.

–Finalmente logré convencerle. Además, Burton sabía que la organización le pagaría mucho por un chico como yo, así que no tardó en aceptar la oferta. Yo sabía que iba a dejar atrás a mi familia, pero la alternativa era mucho peor. La última vez que les vi fue cuando me marché para unirme a la organización. Robert tenía diez años y Rose seis. Yo quería llegar a tener poder suficiente para asesinar a Burton sin dejar pistas y desaparecer con mi familia, pero él se mantuvo alerta todo el tiempo. Nunca bajó la guardia. Yo sé que nunca dejé que mi odio saliera a la luz, pero Burton era una alimaña que sabía cuidarse muy bien. Trasladaba a mi familia a sitios secretos y no hacía más que lanzarme amenazas veladas aludiendo a su seguridad y dándome pruebas de que estaban bien. Siempre que llegaran los pagos mensuales, no habría problema. Sobreviví a ese primer año en la organización gracias a un chico dos años menor que yo. Le llamaban Fantasma y era la futura estrella del cártel. Burton se dio cuenta de la amistad que nos unía y empezó a seguirnos y a estar al tanto de nuestras conversaciones. Al parecer un día llegó a sus oídos que Fantasma tenía un plan para escapar. Burton me dijo que si le delataba obtendría un ascenso en la organización, y más dinero también. Me dijo que él no podía hacerlo, porque hubiera tenido que revelar sus fuentes, y a mí me hubieran castigado por no informar de los planes de mi amigo, o algo mucho peor.

Burton quería que su cheque mensual llegara a tener seis dígitos. Tenía muchas inversiones en juego. Me dejó claro que si no delataba a Fantasma mi familia pagaría las consecuencias.

Isabella intentó contener las lágrimas. Siempre había creído que Richard estaba hecho de acero, que nunca había sentido amor o miedo por otras personas.

—Yo sabía que a un chico como Fantasma no lo matarían. Lo castigarían, lo torturarían, pero no lo matarían. Mi familia no tenía tanto valor para nadie, y eran tres. Burton podía matar a cualquier de ellos para tenerme en la palma de su mano durante el resto de mi vida, así que delaté a Fantasma. Le hice pensar que lo hacía para ascender en la organización. Así él me odiaría más y lo demostraría, lo cual reforzaría mi reputación ante los demás. Y entonces me esforcé todo lo que pude para demostrarles que era el mejor chico que habían tenido jamás. Ejercité mi crueldad de la forma más inimaginable y yo solo llegué a sumar más cadáveres que todos los demás agentes juntos. Mi paga mensual llegó a tener ocho dígitos, y todo era para Burton. Yo esperaba hacerle nadar en dinero para que dejara ir a mi familia, o para que al menos les tratara mejor hasta que yo consiguiera sacarles, pero mi plan de escape y venganza se complicó cuando me pusieron a cargo de otro chico, un niño al que llamaban Números y que me recordaba mucho a Robert. No podía dejarle allí, ni tampoco a Fantasma, pero finalmente llegué a conseguir suficiente autonomía para poder buscar a mi familia. Los localicé en Escocia… pero ya era demasiado tarde. Me di cuenta de que mi madre debía de haber intentado huir con mis hermanos. Burton la persiguió y ella perdió el control del coche en el que iban. Cayó por la falda de una montaña.

Isabella ya no pudo contener más las lágrimas.

—Según lo que pude averiguar, Burton ni les ayudó ni informó del accidente. Simplemente se marchó, puesto que ya no le servían de nada. Mi madre y mi hermano murieron del impacto y Rose fue la única superviviente. La encontré en un orfanato y logré que la adoptara una buena familia que estaba a punto de emigrar a los Estados Unidos. La he vigilado desde entonces… Nunca contemplé la posibilidad de decirle a Rose que estaba vivo. No me puedo creer que me haya recordado al verme hoy —bajó la vista—. ¿Qué le dijiste cuando me marché?

Isabella tragó en seco.

—Nada. Fingí que tenía una llamada urgente de mi madre y salí corriendo.

Richard asintió con la cabeza.

—Es mejor para ella que siga ignorando mi existencia.

Isabella sabía que tenía razón. La vida de Rose era un ejemplo de estabilidad. Lo último que necesitaba era que alguien destruyera esa paz que tanto le había costado conseguir.

—Pasaron años hasta que pude poner en marcha mi plan de escape, después de haber ayudado a escapar a Números y a Fantasma y a todo su equipo. Fui tras ellos, pero, como era de esperar, decidieron matarme.

—¿Al final les dijiste la verdad?

Richard se encogió de hombros.

—No tenía sentido que lo hiciera.

—¿No tenía sentido?

–Sí. Yo había hecho todas esas cosas por las que me consideraban culpable, todo aquello por lo que me odiaban. No importaba por qué lo había hecho.

–Claro que importa. ¡Saber por qué siempre importa!

Richard negó con la cabeza.

–No lo creo. Yo no niego ni uno solo de mis crímenes. No los disculpo.

–Entonces no les contaste por qué habías hecho todo eso. No les hablaste de tu familia. ¿Cómo lo hiciste entonces?

–Les dije que les convenía echarse atrás, ya que serían ellos quienes no sobrevivirían a un enfrentamiento.

Isabella dejó escapar el aliento, sorprendida.

–Apuesto a que ni siquiera exagerabas.

–Yo nunca exagero. Son luchadores excepcionales, geniales cuando se trata de inteligencia, ciencias aplicadas, medicina y subterfugio, pero mi virtud es la exterminación.

–Bueno, creo que tampoco andas mal de inteligencia y subterfugio –murmuró Isabella.

De repente un pensamiento terrible irrumpió en su cabeza.

–Pero si tú sobreviviste sin un rasguño, entonces…

Richard arqueó una ceja.

–¿Crees que pasé años planeando cómo ayudarles a escapar para matarles a la primera de cambio?

Isabella soltó el aliento.

–¿Entonces cómo acabó la cosa sin que nadie muriera?

–Yo solo les mostré los hechos. Ninguno de ellos

era tonto, y no tardaron en darse cuenta de que a esas alturas ya hubieran estado muertos si yo hubiera sido el enemigo de verdad. Afortunadamente, antes de que las cosas se pusieran feas, Números dio un paso al frente e intercedió por mí. Yo dejé que siguieran pensando lo que quisieran. No me interesaba convertirme en su amigo. Solo quería que saliéramos ilesos de todo aquello y que montáramos un negocio entre todos.

–¿Todos tus socios de Castillo Negro Enterprises son chicos que han escapado de la organización?

Él asintió.

–Una vez me aseguré de que estaban a salvo, puse en marcha mi plan para desarticular la organización y para vengarme de Burton. El resto ya lo sabes.

Isabella se puso en pie. Él permaneció sentado. Ni siquiera se atrevía a mirarla, pero ella esperó a que lo hiciera.

–Me alegro de que hayamos podido hablar claramente. Pero ahora que sabes mi verdadera historia, sabes que no soy un peligro para Rose. Ahora podemos irnos cada uno por nuestro lado, y no tenemos por qué volver a cruzarnos en la vida del otro.

Sin darle tiempo a decir nada, Isabella dio media vuelta y se alejó.

Una vez llegó a la puerta, se dio cuenta de que él tenía que abrirla. Dio un paso atrás para regresar, pero el mecanismo se abrió de repente. Aliviada, salió a toda prisa.

Todo había terminado. Esa vez era para siempre.

Jamás volvería a ver a Richard Graves.

Capítulo Ocho

Cuando Rose entró en su despacho al día siguiente, la Isabella que conocía se había convertido en otra persona.

Aun así, intentó recibir con una sonrisa a su amiga de tantos años. Rose le devolvió el beso en la mejilla y la observó. Sus ojos azul grisáceos estaban llenos de preguntas.

—¿Todo bien en casa?

Isabella sabía que no se había creído la excusa que le había dado el día anterior, antes de salir huyendo.

La invitó a sentarse antes de hablar.

—Tengo que contarte algo importante, muchas cosas, en realidad, sobre mi pasado.

La preocupación que había en la mirada de Rose se convirtió en angustia.

—Siempre supe que escondías algo grande. Quería que me lo dijeras.

Isabella tomó las manos de Rose.

—Antes de que lo haga, tienes que prometerme que vas a actuar teniendo en cuenta lo que es mejor para tu familia y para ti.

Rose hizo una mueca.

—¡Cállate y cuéntamelo todo, Izzy!

Isabella obedeció. Se lo contó todo, todo excepto lo referente a Richard.

El rostro de Rose reflejó todas las emociones que esperaba; sorpresa, horror, angustia, rabia...

En un momento dado se echó a llorar y no paró hasta que Isabella se detuvo. Entonces se lanzó sobre ella y le dio el abrazo más sentido que le había dado jamás.

–¡Dios, Izzy, tendrías que habérmelo contado! ¿Por qué no me dijiste nada?

Isabella dejó correr las lágrimas también, rindiéndose a la empatía de Rose. Eso era lo que había necesitado durante tantos años, aquello de lo que se había privado.

Cuando por fin logró apartarse, hizo un esfuerzo por esbozar una sonrisa bromista.

–Por eso no te dije nada. Tenía miedo de que me ahogaras e inundaras la clínica tal y como estás haciendo ahora, y acabamos de terminar de decorar la consulta.

Rose se echó a reír.

–Dios, Izzy, ¿cómo te atreves a hacerme reír después de lo que me acabas de contar?

–Porque todo pertenece al pasado. Tan solo necesitaba que lo supieras todo de mí. Necesitaba compartir lo que ni siquiera puedo compartir con mi madre. Pero todo pertenece al pasado ya.

–¿Qué significa esa promesa que me has obligado a hacer? Si creías que esto iba a cambiar nuestra amistad, entonces es que te has vuelto loca de remate.

Isabella sintió que se le hinchaba el corazón al ver la bondad y la generosidad de su amiga.

–¿Y qué pasa con Mauri? ¿Es…? –Rose titubeó.

–No. Jamás hubiera permitido que ese monstruo me dejara embarazada.

Rose soltó el aliento con fuerza.

–Vaya. Es un alivio saber que no logró perpetuar sus genes.

Aprovechando para conducir la conversación hacia otros derroteros, Isabella hizo una mueca.

–A estas alturas deberías conocerme lo suficiente como para saber que jamás le infligiría ese daño a un hijo mío.

Rose saltó sobre ella y le dio un abrazo de oso que la dejó sin aire.

–Pero tú eres tan increíble que tus genes podrían con la maldad de los otros. Mauri hubiera sido el niño maravilloso que es de todos modos porque tú eres su madre.

De repente Isabella sintió una ligereza en el corazón que jamás hubiera esperado sentir después de haber perdido a Richard por segunda vez. Estrechó a su amiga entre sus brazos y le dio un beso en cada mejilla.

–¿Te he dicho últimamente lo mucho que te quiero?

Rose puso una cara de falsa reprimenda.

–¿Pero cuándo me has dicho eso?

Isabella intentó protestar, pero Rose le dio otro abrazo.

–No tienes por qué decírmelo. Yo siempre lo he sabido. Y yo también te quiero, ahora más que nunca.

Isabella no esperaba irse a casa tan contenta, pero gracias a Rose, el día había resultado ser uno de los mejores que había tenido en toda su vida.

Al girar en la última esquina antes de llegar a casa, el corazón se le congeló. El coche de Richard estaba aparcado en su plaza de aparcamiento. Sin saber muy bien qué hacía, buscó un sitio libre y se dirigió hacia la casa a toda prisa. Estaba vacía. ¿Dónde estaban todos?

De pronto oyó gritos provenientes de la cocina y el corazón casi se le salió del pecho. Y entonces… empezaron a aplaudir.

Se detuvo de golpe en el umbral y vio… vio…

Richard estaba en la cocina. Todos estaban sentados frente a la isla de la cocina y él les hacía trucos de magia con navajas. Las giraba con tanta rapidez y habilidad que sus manos eran un borrón. Tenía seis cuchillos en las manos y los movimientos que hacía parecían imposibles.

De repente lanzó al aire un filete de pescado. Arrojó los cuchillos uno detrás de otro y cortó la pieza al vuelo. Todos empezaron a aplaudir y a gritar de repente. Isabella estuvo a punto de unirse a la ovación, pero no lo hizo.

Richard se puso un paño de cocina sobre el hombro y se acercó a ella. Su mirada era indescifrable y su boca dibujaba una sonrisa irresistible.

–¿Has visto el espectáculo de Richard? –le preguntó Amelia, maravillada.

–Pillé un cacho.

Todo el mundo se rio con su juego de palabras, y él también. Isabella quería enfadarse con él por haberse presentado en su casa de nuevo, pero le resultaba imposible.

–¿Y cómo quieres que convenza a los chicos para que no jueguen con cuchillos a partir de ahora?

Él le restó importancia a su preocupación con un gesto.

–Ya me he ocupado de eso.

–Oh, ¿cómo has hecho eso?

–Les dije que solo yo puedo hacer esas cosas porque llevo practicando más años de los que ellos han pasado en este mundo.

–¿Y con eso los convenciste?

–Son unos chicos muy obedientes.

Isabella parpadeó.

–Eh… ¿Estamos hablando del mismo trío?

–A lo mejor es que intimido demasiado incluso cuando intento no hacerlo.

El trío del que hablaban volaba alrededor de la cocina, preparando la mesa.

–A mí no me parece que estén intimidados. Están encantados.

–Es lo mismo –la sonrisa de Richard intentaba apaciguarla–. No te preocupes. Les he hecho prometerme que nunca van a intentar nada con objetos afilados. Le prometí a Mauricio que le enseñaría a hacer malabares con cosas de plástico.

Se volvió hacia su público.

–Y ahora, vamos con la segunda parte del espectáculo. La comida.

Marta y Amelia tomaron tres enormes bolsas de papel que estaban sobre la encimera.

–Richard lo ha traído todo para asegurarse de que salga bien la receta –explicó Marta con una sonrisa–. Vamos a hacer un concurso de cocina. Esta noche tendréis que puntuar nuestros platos.

Richard comenzó a preparar los ingredientes.

¿Era realmente él? Isabella cerró la boca para que no se le cayera la mandíbula del asombro.

No bromeaba al decir que esa era la segunda parte del espectáculo. La preparación del marisco se convirtió en toda una hazaña de velocidad y precisión en sus manos. Y todo el tiempo les preguntaba a los chicos acerca de las especias, las hierbas, el pescado y los vegetales que usaba.

–Alguien me enseñó esta receta hace poco. Yo hice de pinche mientras la preparaban. Ahora yo soy el chef y, con un poco de suerte, no arruinaré esta receta mágica.

Amelia, que ya empezaba a fijarse en la actitud de su hermana, intervino de inmediato.

–No tienes nada de qué preocuparte. El aroma ya está ejerciendo un poderoso hechizo.

–¿Quién te enseñó la receta? –preguntó Mauri, como era de esperar.

–Una preciosa señorita llamada Eliana.

Isabella se sintió como si acabara de clavarle el cuchillo que blandía en el corazón.

–Es como una hermana para mí, porque se casó con un hombre al que considero un hermano.

–¿Cómo se llama? –preguntó Mauri de nuevo.

–Rafael. Ah, ah… –Richard levantó la mano, anticipando la siguiente pregunta del niño–. Rafael Moreno Salazar. Es de Brasil y es mi socio. Le saco diez años y es un mago con los números.

–¿Tienes más amigos? –Mauri no se daba por vencido.

–Tengo seis socios, Rafael incluido. Uno de ellos era mi mejor amigo, pero ahora ya no le caigo tan bien.

Mauri abrió la boca para hacer otra pregunta, pero Richard le dedicó una mirada de complicidad para pedirle que dejaran la charla para luego.

Sorprendentemente, el truco funcionó, o estuvo a punto de hacerlo. Mauri recurrió a otra táctica.

–¿Cómo se llama? ¿De dónde es?

–Numair Al Aswad. Eso significa pantera negra en árabe. Es el jeque de un reino del desierto llamado Saraya.

Todo el mundo abrió los ojos.

–¿Todos tus amigos son de países distintos?

Richard se rio a carcajadas y comenzó a servir las raciones en los platos.

–Sí. Castillo Negro Enterprises es como las Naciones Unidas, pero en pequeño. También tenemos un chico de Japón, un ruso, un italiano y un sueco. Mi mano derecha, Owen Murdock, es irlandés. Yo le entrené, al igual que a Rafael.

–¿Y me vas a entrenar a mí?

Pareció que todo el mundo contenía el aliento.

Richard miró a Mauri un instante.

–Veremos si tienes lo que hace falta primero.

–¡Lo tengo!

Los chicos se rieron al oír a Mauri, pero se detuvieron casi al instante. Bastó con una mirada de Richard para hacerles callar. No había desaprobación ni reprimenda alguna en su expresión. Simplemente era una mirada, sin más. Marta y Amelia intervinieron para terminar con el bombardeo de preguntas de Mauri y entonces todos se sentaron a comer.

La reunión resultó mágica, en todos los sentidos. La comida estaba deliciosa, y todos terminaron queriendo conocer a Eliana, la autora de la receta. Aunque supiera que todo era parte de un plan de manipulación por parte de Richard, no podía evitar disfrutar de ello.

¿Qué era lo que quería?

Después de la cena, Marta y Amelia insistieron en recoger la cocina y les dijeron que las esperaran en el salón. Mauri accedió a quedarse con su abuela y su tía, pero Richard tuvo que prometerle una sesión de dibujo más tarde.

–¿A qué viene todo esto? –le preguntó Isabella en cuanto se quedaron a solas.

Richard esbozó una sonrisa y no contestó hasta haberse sentado.

–Tu familia me invitó, ¿recuerdas?

–¿Y desde cuándo respondes a la invitaciones de la gente?

–No tienes ni idea de lo que he tenido que hacer estos últimos meses con la boda de Rafael. Y después Raiden, otro de los chicos de Castillo Negro, el japonés del que hablaba, siguió sus pasos.

Con esas dos bodas no he tenido más remedio que volver a lidiar con la humanidad. Y después le tocó el turno a Numair. Lo suyo ha sido toda una sorpresa. Jamás hubiera esperado que alguien como él pudiera sucumbir a las debilidades de nuestra especie o caer en la trampa del matrimonio. Después de eso, ya no hay nada sagrado, y ya me espero cualquier cosa desde entonces, incluso prepararles la cena a un pequeño clan de mujeres y niños.

Apretando los dientes, Isabella se sentó a su lado.

–Dijiste que ibas a dejar en paz a mi familia.

–Eso solo era a cambio de que dejaras en paz a la mía.

–Pero ahora sabes que tu preocupación por Rose era desproporcionada.

–Sí. Ya no quiero que te mantengas alejada de ella.

–Bueno, yo sí quiero que te mantengas lejos de mi familia.

–Pero eso tampoco quiero hacerlo ya.

–¿Por qué? Mi familia solo era una herramienta de presión.

–¿Ah, sí? –Richard ladeó la cabeza–. Cuando dices familia, te refieres a Mauricio. Quieres que le deje en paz a él.

–¿A quién si no?

Richard se encogió de hombros.

–Eso tampoco quiero hacerlo.

–¿Por qué? –le preguntó Isabella, perdiendo la paciencia–. ¿Cuál es la novedad? Ni siquiera pestañeaste cuando te dije que era tu hijo.

–No lo hice porque ya estaba inmunizado contra la sorpresa. Ya me la había llevado el día anterior. Supe que era mi hijo en cuanto lo vi.

–Eso no podías saberlo. No se parece a ti en nada.

Richard se sacó una foto del bolsillo y se la entregó. Aunque Mauri no tuviera ropa como esa y la instantánea fuera de un sitio en el que jamás habían estado, Isabella podría haber jurado que se trataba de su hijo.

–Es mi hermano pequeño, Robert. Era igual que mi madre. Yo salí a mi padre. Rose es una mezcla de los dos.

Sorprendida, Isabella levantó las cejas. Un recuerdo irrumpió entre sus pensamientos.

–Rose me dijo una vez que Mauri le recordaba a uno de sus hermanos muertos. Entonces el comentario no significó nada para mí. Jamás se me hubiera ocurrido vincularte a ella.

–Entonces ella creía que estaba muerto.

Isabella tragó con dificultad.

–Lo creía porque era la única explicación posible al ver que no intentabas buscarla.

Los músculos de la mandíbula de Richard se contrajeron.

–Pero no tardó ni un segundo en reconocerte, lo cual quiere decir que se aferró a la esperanza de que pudieras estar vivo. Seguramente no has cambiado tanto.

–Tenía dieciséis años. No me parecía en nada –Richard bajó la mirada–. ¿Te ha vuelto a preguntar por mí?

–No le di oportunidad. Le conté toda mi historia, así que estaba demasiado ocupada con todo lo que acababa de confiarle como para pensar en ti. Pero estoy segura de que lo hará –se hizo un silencio incómodo–. ¿Por qué has vuelto, Richard?

–Porque los hechos han sido rescritos. Ahora, en vez de querer terminar tu amistad con Rose, quiero ser aliado tuyo y de tu familia.

–Yo no necesito ningún aliado.

–Nunca sabes cuándo lo puedes necesitar. Tener a alguien con mis influencias de tu lado puede hacer milagros.

Isabella reprimió las ganas de darle una bofetada.

–No me cabe duda. Pero yo no necesito milagros. Trabajo duro para conservar lo que tengo, y tengo más que suficiente para darle a mi hijo la mejor vida posible y para asegurar su futuro.

–Aunque no quieras o no necesites mi ayuda, no tienes derecho a tomar esa decisión en nombre de Mauricio. Es mi hijo. Y es mi único heredero.

Isabella le miró, boquiabierta.

–¿Estás aquí porque has decidido decirle eso?

Mauri eligió ese momento para entrar en el salón.

–¡Ya tengo todas mis cosas para dibujar!

Antes de que Isabella pudiera decir nada más, Richard se volvió hacia Mauri.

Padre e hijo se pusieron a dibujar, ignorándola por completo. No tendría más remedio que esperar para obtener una respuesta. Y todo dependía de él, tal y como siempre había sido.

Richard se había girado ante la explosiva entrada de Mauricio. El chico no podría haber sido más oportuno. En ese momento cualquier cosa era mejor que tener que contestar a la pregunta de Isabella, sobre todo porque no tenía respuesta para ella.

No sabía qué estaba haciendo allí, o qué haría a continuación, pero Mauricio dominaba el arte de distraer y entretener a la perfección.

El chico se lanzó sobre él y le puso un montón de dibujos sobre el regazo. Se arrodilló y le miró con impaciencia.

–Dime qué te parecen mis dibujos. Y enséñame a dibujar algo.

–¿Sabes dibujar? –preguntó Isabella de repente.

Richard la miró.

–Tengo muchos talentos ocultos.

–No me cabe duda –le espetó ella con ironía.

Mauricio reclamó su atención, no obstante. Su rostro angelical, lleno de curiosidad y determinación, le hizo sentir una avalancha de emociones para las que no estaba preparado.

–¿Por qué no me enseñas tu mejor trabajo?

Mauricio rebuscó entre los dibujos y sacó un cuaderno de bocetos.

–Toma.

Richard comenzó a hojear el cuaderno. El corazón se le encogía al ver el talento y la angustia que escondían aquellas páginas.

También había cierta sensación de confusión en los dibujos.

–Tienes mucha imaginación y tu trabajo es muy bueno para tu edad.

Mauricio no pudo contener una exclamación de alegría.

–¿De verdad crees que soy bueno?

–Ser bueno no significa mucho a menos que trabajes duro.

–Yo trabajo duro –Mauricio tiró de su madre–. ¿No es así?

Isabella miró a uno y a otro. Era como si los viera por primera vez.

–Sí, cuando algo te gusta.

Richard miró un momento a su hijo y entonces la miró a ella.

–Cuando algo no te gusta, hay que trabajar aún más duro. Cuando tienes la suerte de que algo te guste, todo parece más fácil porque lo disfrutas. Pero siempre debes hacer las cosas, las disfrutes o no, lo mejor que sepas. Hay que esforzarse por ser cada vez mejor. Para mí eso es tener agallas y tener lo que hace falta.

Mauricio escuchaba cada una de sus palabras con suma atención, como si las estuviera memorizando. De repente asintió con la cabeza.

Richard era consciente en todo momento de la presencia de Isabella detrás de él. Podía sentir su mirada sobre la piel.

–¿Qué quieres que te enseñe?

Mauricio le dio los lápices de colores.

–Cualquier cosa que quieras que aprenda.

Richard le miró, pensativo.

–Creo que necesitas una lección sobre perspectiva –nada más decirlo, Richard se dio cuenta de la ironía que albergaban sus palabras.

En ese momento nadie necesitaba tanto una lección de perspectiva como él mismo.

–¿Eso qué es?

–Prefiero mostrártelo en vez de explicarlo. Solo necesitamos un lápiz, un sacapuntas y una goma.

Mauricio le dio las cosas que necesitaba a toda velocidad y se sentó a su lado sobre el butacón.

Apretando el lápiz con mucha fuerza para contener el temblor que le sacudía, Richard comenzó a dibujar. Mauricio e Isabella estaban pendientes de cada trazo.

–Vaya. ¡Solo has hecho unos trazos y ya parece un chico! –exclamó Mauricio poco después.

Richard añadió más detalles.

–Eres tú.

–¡Sí que se parece a mí!

Richard continuó dibujando.

–Y esa niña es Benita.

–Pero no es tan pequeña.

–No es que sea pequeña. Es que está lejos. Mira –dibujó unas cuantas líneas convergentes y añadió algunos detalles hasta dibujar un pasillo en el que aparecía un chico en primer plano y una niña al fondo–. ¿Lo ves? Tenemos un papel, de dos dimensiones, pero con la perspectiva añadimos una tercera dimensión. Así le damos distancia y profundidad.

Los ojos de Mauricio resplandecían.

–¡Lo entiendo! –Mauricio agarró otro cuaderno de bocetos y dibujó algo para demostrarle que había captado la idea–. Así, ¿no?

Richard sintió que llegaba la sonrisa que solo Mauricio y su madre eran capaces de suscitarle.

–¡Quiero que me enseñes todo lo que sabes!

Richard se rio.

–No creo que quisieras aprender la mayor parte de las cosas que hago.

–¡Sí que quiero!

–Y creo que a tu madre tampoco le haría mucha gracia la idea –añadió, mirando a Isabella de reojo.

–¿Porque es peligroso?

–Eso es lo de menos –antes de que Isabella fuera a decir algo, miró el reloj–. Bueno, mejor será que dejemos esta charla para otro día, Mauri. Ahora te tienes que ir a la cama y yo me tengo que ir.

Mauricio se puso en pie sin protestar y recogió sus cosas. Marta apareció poco después para llevárselo a la cama. El chico le dio las cosas a su abuela y regresó para despedirse. Después de darle un abrazo a su madre, se lanzó a los brazos de Richard.

–¿Vas a volver?

Richard miró a Isabella por encima del chico. Había miedo en sus ojos. ¿Adónde les llevaba todo aquello? Ella no lo sabía, y él tampoco.

Pero solo tenía un segundo para contestar.

–Sí. Claro.

Mauricio le dio un ruidoso beso en la mejilla y se alejó con una sonrisa.

En cuanto se quedaron solos Isabella le golpeó con la pregunta que llevaba más de una hora queriendo hacerle.

–¿Tienes intención de decirle a Mauri la verdad?

Tampoco tenía más que un segundo para contestar a esa pregunta.

–No. Todavía no.

Capítulo Nueve

«Todavía no».

Cada vez que esas dos palabras reverberaban en la mente de Isabella, su agitación crecía. Esa sencilla frase significaba que al final le diría la verdad a Mauri. Pero también había dejado entrever que eso no cambiaría nada. Mauri solo sabría que tenía un padre, y se beneficiaría de todo su poder y dinero.

Eso no suponía ninguna diferencia, sin embargo.

Desde aquel día, acontecido tres semanas antes, no había tenido más remedio que acostumbrarse a la rutina de tenerle en su vida familiar cada día, y él había estado con ellos cada minuto posible, hasta la hora en que los niños tenían que irse a la cama.

Ese mismo día les había llevado de compras. Los chicos se habían sentido como si salieran a pasear con el genio de la lámpara y él se había comportado como... un padre. Isabella no podía negarlo.

Tenía que preguntarle cuáles eran sus verdaderas intenciones.

Mientras Isabella intentaba encontrar una forma de resolver la situación, Rose y su familia se cruzaron en su camino de forma inesperada.

Su amiga no había vuelto a preguntarle por su hermano, afortunadamente. Isabella suponía que no lo había hecho porque pensaba que ella no sabría nada acerca de su verdadera identidad. Además, seguramente no querría causarle problemas, teniendo en cuenta que prefería mantenerse oculto, y era más que probable que Rose no volviera a sacar el tema de nuevo delante de todos.

Jeffrey y los niños, Janie y Robert, se adelantaron para saludarles. Isabella acababa de caer en la cuenta de que Rose les había puesto el nombre de su padre y de su madre.

Su amiga se quedó atrás, mirando a Richard. Este, después de estrecharle la mano a Jeffrey tras la breve presentación que llevó a cabo Isabella, le devolvió la mirada a su hermana con prudencia.

Marta y Amelia se llevaron a los niños y se quedaron solos ellos cuatro. La conversación animada de Jeffrey cesó cuando se dio cuenta de que no era más que un monólogo suyo y entonces reparó por fin en la mirada inquieta de su esposa.

Antes de que pudiera reaccionar, Rose se lanzó a darle un abrazo a Richard.

Isabella creyó que los pulmones le iban a estallar. Parecía que Richard se había convertido en piedra en el momento en que su hermana le había tocado.

–No me digas que no eres Rex… No te atrevas –decía Rose, casi sollozando.

Richard cerró los ojos y apretó bien los párpados. Era como si tuviera un enorme peso encima.

Rose retrocedió de repente. Tenía los ojos rojos y temblaba sin control.

–Eres mi hermano. Dilo.

Richard respiró profundamente y asintió.

–Soy tu hermano.

Rose dejó escapar un sollozo y volvió a abrazarle con desesperación. Él le devolvió el abrazo esa vez, acariciándole la cabeza con cariño e intentando ofrecerle consuelo.

Isabella no daba crédito a lo que veía. Richard había decidido dejar de esconderse. Había aceptado a su hermana de nuevo en su vida. Una semana antes le había preguntado por qué no lo había hecho nunca, y él le había dicho que no quería manchar la vida de Rose con su oscuridad. Ella le había dicho entonces que podría haber tenido ese mismo temor respecto a ella y su familia. Había insistido en que le dijera la verdad a su hermana, pero él no había hecho más que guardar silencio.

De repente Isabella se dio cuenta. Lo había planeado todo. Había sido él quien había escogido el centro comercial y decidido parar para dar un paseo. Debía de saber que Rose y su familia iban a acudir al mismo lugar y lo había preparado todo. Rose, sin embargo, parecía haberle sorprendido con su emotiva reacción.

Richard dio un paso atrás por fin y se apartó de la hermana de la que tanto tiempo había estado separado. Isabella vio auténtica ternura en su mirada. Nunca antes había visto nada parecido en sus ojos, ni siquiera cuando estaba con Mauri.

–Tenemos muchas cosas de qué hablar –dijo Richard–. ¿Qué tal si lo hacemos durante la comida? Isabella quería comer *sushi* hoy.

Isabella asintió con la cabeza de manera automática, mirándole como si todo lo que había deseado en su vida se hubiera hecho realidad de repente. Rose se aferraba al brazo de Richard. No quería dejarle marchar.

Aunque omitiera los detalles más crudos, Richard pasó casi una hora contándole a los Anderson toda su historia y después Rose pasó casi dos horas más bombardeándole con sus preguntas interminables.

Jeffrey sacudió la cabeza en un momento dado.

–¡Entonces nos has quitado todos los obstáculos del camino! –exclamó, sorprendido–. Yo pensaba que habíamos tenido mucha suerte, pero Rose siempre me decía que tenía un ángel de la guarda. Al parecer tenía razón.

–Más bien era un demonio de la guarda.

Rose le apretó las manos a su hermano. Sus ojos se llenaron de lágrimas de nuevo.

–Siempre has sido un ángel para mí, hasta ese día en que te fuiste. Pero siempre te he sentido observándome, y es por eso que nunca me llegué a creer del todo que estuvieras muerto. Tuve que convencerme de ello porque no me buscabas. No intentabas contactar conmigo. Pero siempre pensé que algún día volvería a verte. Es por eso que te reconocí en cuanto te vi, porque te he estado esperando.

–Me alegro de que haya sido así –la sonrisa de Richard estaba tensa de tanta emoción–. Y siento haberte hecho esperar tanto.

Rose se lanzó sobre la mesa para darle un beso en la mejilla.

–No hay nada que sentir. Siempre estaré agradecida porque estás vivo, porque me hayas encontrado y porque estés aquí ahora. No puedo pedir más.

Se detuvo y le sonrió a su hermano, apretándole la mano de nuevo como si quisiera asegurarse de que realmente estaba allí.

–No sé si voy a acostumbrarme a llamarte Richard.

Richard le sujetó la mejilla y le dedicó una mirada que desarmó a Isabella. Lo que hubiera dado porque la hubiera mirado así a ella alguna vez.

–Tienes que hacerlo delante de otros –la mirada de Richard se volvió seria de repente–. Es muy importante que nunca se me asocie con Cobra, el agente de la organización. Aunque haya borrado todo rastro de mí y haya dejado de ser aquel chico rapado y con la nariz rota, no puedo arriesgarme a que me identifiquen. Las consecuencias serían terribles para todos. Es por eso que no quería haceros llevar el peso de conocer mi existencia. A lo mejor es aconsejable que os siga observando en la distancia en vez de entrar en vuestras vidas.

–¡No! –Rose gritó con todas sus fuerzas–. Tengo que tenerte en mi vida. Haremos todo lo que nos pidas –miró a su esposo con angustia–. ¿No es así, Jeff?

Jeffrey asintió inmediatamente.

–Por supuesto, hombre. Tu secreto es nuestro secreto. ¿Pero qué vamos a decirles a los niños?

–¡No podemos decirles que eres su tío!

Richard tomó las manos de su hermana como si quisiera absorber su angustia.

–Lo que crean que soy no importa siempre y cuando pueda ser parte de sus vidas –miró a Isabella también–. Diles que era tu mejor amigo cuando te adoptaron. Terminarán llamándome tío de todos modos.

Marta y Amelia regresaron con los niños en ese momento y Richard los invitó a pasar el resto de la tarde en su casa. Todo el mundo aceptó con entusiasmo y los niños de Rose y Jeffrey gritaron de alegría cuando Mauri les contó que tenía una piscina en casa.

Cuando se dirigían hacia los coches Isabella se detuvo un instante y le miró.

De repente sentía que era ella quien sobraba.

Las semanas siguientes fueron como si una gran familia hubiera nacido en torno al hogar de Isabella. Entre los nuevos miembros se encontraba la familia adoptiva de Rose, Rafael, el amigo de Richard, y su esposa, y los hermanos de la propia Isabella. Dos de ellos vivían en Francia y el otro en Holanda, pero todos habían querido ir a visitarla a su regreso a los Estados Unidos.

Isabella, sin embargo, sufría más y más a medida que todo mejoraba. Richard se había convertido en el centro de atención, pero eso no le importaba. Lo que realmente le hacía daño era ver la distancia que él se esforzaba por guardar.

Ese día, como todos los sábados, iba a visitarles y seguramente pasaría el día con ellos. Solía llevarles a sitios que solo un hombre con sus influencias e imaginación se podía permitir. Isabella le había advertido de que quizás se estaba excediendo un poco, generando la expectativa de que siempre estaría ahí para los chicos, pero su respuesta la había sorprendido mucho. Le había dicho que Mauri solo tendría siete años una vez y que muy pronto ya no le parecería tan divertido pasar tiempo con él. Pero también tenía otra razón para estar a su lado: debía reparar una ausencia de siete años.

La discusión había llegado a su fin cuando él le había asegurado que Mauri comprendía que no siempre podría estar tan presente, pero Isabella se había guardado muchas cosas. Ya no podía soportar esa indiferencia que mostraba hacia ella. Toleraba su presencia simplemente porque era la madre de Mauri.

Isabella se secó las lágrimas. Si quería continuar visitándoles, entonces tendría que dejarla fuera de la ecuación. Sonó el timbre. Ya había llegado.

Mauri bajó las escaleras a toda velocidad para abrirle la puerta. Con los ojos llenos de lágrimas de nuevo, Isabella escuchó la conversación habitual entre padre e hijo. Esa vez hablaban con más entusiasmo que nunca, como si no hubieran pasado apenas cuarenta y ocho horas desde la visita anterior. Por primera vez en muchas semanas, Richard no había pasado la tarde noche con ellos.

Cuando consiguió calmarse, Isabella bajó para disculparse por no poder acompañarles ese día. Justo cuando doblaba la esquina antes de llegar al salón, se paró en seco al oír la voz de su hijo. Mauri parecía más agitado que nunca.

–¿Sabes que mi nombre real es Ricardo? Hoy descubrí que Ricardo es Richard en inglés. Mi madre solía llamarme Rico hasta que cumplí dos años, y entonces comenzó a llamarme Mauri. Pero a mí nunca me gustó Mauri. Yo siempre quise ser Rico.

Apoyándose contra la pared, Isabella trató de contener las lágrimas. No sabía que su hijo se acordaba de todo.

Se hizo un silencio en el salón. Richard, por primera vez, no tenía respuesta.

–Eres mi padre, ¿verdad?

Otro silencio…

El sonido de un mensaje de texto interrumpió los pensamientos de Isabella. Palpó su bolsillo frenéticamente, pero entonces se dio cuenta de que era el teléfono de Richard.

Él contestó sin perder tiempo.

–¿Numair?

Después de una pausa, soltó el aliento.

–Mauricio… Ricardo… lo siento, pero tengo que irme corriendo. Numair, el socio del que te hablé, está en un apuro. No sé si volveré a tiempo para dar nuestro paseo, pero seguiremos con esta charla luego. Te lo prometo.

Isabella se apartó. Corrió rumbo al estudio. Creía que Richard iba a decirle la verdad a Mauri por fin, pero tendría que esperar a que regresara.

Un nuevo capítulo junto a su hijo comenzaba. Y ella quedaría fuera de su vida para siempre.

Capítulo Diez

Richard no sabía si dar gracias o enfadarse por la llamada de Numair. Había interrumpido uno de los momentos más cruciales de toda su vida. Pero solo había una regla en Castillo Negro. Si un compañero llamaba, había que acudir de inmediato. La puerta del ático de Numair se abrió sin necesidad de llamar al timbre. Sin siquiera mirarle, su compañero dio media vuelta y entró en el apartamento. Richard fue tras él.

Se oyó una voz melodiosa que se acercaba. Era la esposa de Numair.

Antes de advertir su presencia, Jenan rodeó a su marido con ambos brazos y le dio un beso como el que Richard les había visto darse en la boda.

—¡Richard, qué sorpresa!

Jenan fue hacia él. Estaba en el último trimestre de embarazo.

Agarraba la mano de su marido en todo momento, como si no soportara estar alejada de él, y Richard apenas podía mirarla. Él se lo había perdido todo con Isabella. No había estado ahí para protegerla cuando más lo había necesitado.

—Si mi presencia es una sorpresa… entonces tu querido esposo debió de olvidar decirte que me hizo dejar de lado un asunto importante para atender una alerta roja fraudulenta.

Jenan hizo una mueca.

–Bueno, creo que es hora de que os deje con vuestras cosas –dijo en un tono burlón. Le dio un beso en el cuello a su marido–. No os saquéis los ojos, ¿de acuerdo?

–No te prometo nada, *habibati*.

Riendo a carcajadas, Jenan pasó junto a Richard y le dio un beso rápido antes de dejarlos solos.

–¿Pero a ti qué te pasa? –le preguntó Numair a su socio en cuanto la puerta se cerró.

–¿A mí? Numair, nunca me has pillado en un momento más inoportuno…

–No me digas.

–Y no te conviene provocarme después…

Numair siguió hablando.

–He estado a punto de llevarme un balazo por tu culpa. Supongo que te acuerdas de Milton Brockovich.

Richard frunció el ceño. No entendía nada, y no sabía cómo conocía a Brockovich.

Cuatro años antes, el hermano mayor de Brockovich había violado brutalmente a la hija de un cliente de Castillo Negro. Richard había salvado a la chica. Hubiera preferido no tener que cargar con otro cadáver, pero la alimaña le había sacado una pistola y no había tenido más remedio que meterle una bala entre ceja y ceja. El chico había jurado que algún día ajustaría cuentas con él.

Richard había pensado en liquidarle en ese momento, pero finalmente había cambiado de idea y le había dejado marchar.

–¿Y recuerdas que yo te prometí que haría cualquier cosa a cambio de información acerca del paradero de Jenan cuando desapareció?

–¿Te refieres a cuando descubrió que la estabas utilizando?

Numair esbozó una sonrisa sarcástica.

–Odiaba deberte algo, así que cuando Rafael me contó lo de tus aventuras domésticas con esos médicos, supe que algo iba mal. Te vigilé, buscando una oportunidad para hacer algo y pagarte la deuda. Y así descubrí que has descuidado la seguridad de esa gente, aparentemente sin motivo… y la tuya también.

Richard frunció el ceño. Numair tenía razón. Su equipo personal no hacía nada sin recibir órdenes, y llevaba semanas sin darle ninguna.

Numair siguió adelante.

–Sé que eres uno de los hombres mejor protegidos del planeta, pero tengo un mal presentimiento respecto a todo esto. Y como sé que estás en tu oficina los sábados por la mañana, fui para hablar contigo. Te alcancé cuando salías del edificio, justo a tiempo para ver cómo Brockovich sacaba un arma para dispararte. El Cobra al que yo conocía hubiera advertido su presencia a kilómetros de distancia, y no le hubiera dejado acercarse ni un milímetro más. Ni siquiera le viste cuando pasó por tu lado. Se volvió hacia ti para dispararte y yo me abalancé sobre él para desviar esa bala. Para entonces ya te habías ido, y no te habías dado cuenta de nada. Le encerré en un sitio donde no va a dar más problemas, pero me llevé esto –levantó un brazo vendado–. Una bala rebotó contra el pavimento. Y tuve que mentirle a Jenan.

Richard lo miraba con estupefacción.

–No oíste el disparo silenciado ni te fijaste en el revuelo a tus espaldas en una calle casi vacía.

Richard sacudió la cabeza, aturdido.

–Me has salvado la vida.

Numair asintió.

–Y como tú me salvaste la mía cuando me volviste a poner en contacto con Jenan, mi deuda está saldada.

Richard se dejó caer en el primer asiento que encontró y dejó caer la cabeza entre sus manos.

Numair fue a sentarse a su lado.

–¿Qué demonios pasa, Cobra?

Richard le miró de reojo sin levantar la cabeza.

–No me digas que te importa.

–Utilizando las mismas palabras que usaste tú cuando me ayudaste a saldar las deudas de Zafrana y a salvar el reino de Jenan y a su padre, el rey, si no me importara, no hubiera intervenido a tu favor.

–No lo has hecho por mí. Solo estabas saldando tu deuda. Eso no te honra mucho.

–A pesar de eso, y aunque haya pensado en matarte muchas veces, no quisiera que tu vida terminara a manos de un tipejo como ese.

–¿Crees que merezco un final más digno?

–Te mereces uno más espectacular –la expresión de Numair se volvió feroz–. ¿Me vas a contar qué demonios te pasa? ¿Estás enfermo?

–Podríamos decirlo así. Gracias por decirme todo esto, y por salvarme la vida. Ahora soy yo quien te debe algo. Puedes pedir lo que quieras y es tuyo.

–Una vez más, repitiendo lo que una vez me dijiste, prefiero saldar la deuda ahora. Contesta a mi pregunta.

–¿Por qué? Fantasma, ¿qué más te da?

–Digamos que he encontrado esta felicidad que no me merecía ni esperaba junto a Jenan, y tú tienes algo que ver con eso, así que no quiero seguir aferrándome al odio que te tenía. No quiero hacerlo. Quiero zanjar las cosas limpiamente. No quiero que viejas rencillas manchen la nueva vida que quiero para mi hijo, sobre todo ahora que parece que has resultado ser humano después de todo, ahora que al parecer quieres a una mujer tanto que has estado dispuesto a soportar a su familia y amigos durante semanas, por no mencionar el hecho de que has cometido un desliz, como hacen el resto de mortales. Dime la verdad, maldita sea.

Richard creía que no tenía sentido contarle a Numair por qué lo había traicionado, desencadenando un castigo que le había hecho estar al borde de la muerte durante dos meses, pero tampoco quería seguir escondiéndose, así que le dijo la verdad de una vez y por todas.

Numair escuchó su historia con atención. Su sorpresa no hacía más que crecer a cada palabra que oía.

De repente ya no pudo aguantar más. Le agarró de las solapas y tiró de él con furia.

—Todos estos años… maldito loco… me has dejado pensar que me habías traicionado. Hiciste que viviéramos como enemigos… todos estos años.

Esa no estaba entre las posibles reacciones que había barajado Richard. Numair estaba furioso, pero no de la manera que había esperado.

—Sí, te traicioné. Por mi culpa casi te mataron. Y te han quedado muchas cicatrices. Y no importa por qué lo hiciera.

Numair le sacudió con fuerza.

—¿Estás loco? Nada más importaba. No tenías elección. Tu familia era lo primero. Hiciste la única cosa que podías hacer sacrificando al que podía soportar el castigo para salvar a aquellos que no podían. Solo siento que no sirviera para salvar a tu familia al final. Yo hubiera estado dispuesto a aguantar mucho más dolor si hubiera servido para que salvaran su vida.

Richard se soltó y las manos de Numair cayeron sobre sus hombros con fuerza.

–Mírame.

Richard obedeció.

–He estado lleno de rabia todos estos años, odiándote tanto como alguna vez te admiré y te respeté, y todo fue porque nunca me diste una explicación, no por la traición en sí misma. Tú fuiste la única persona que alguna vez me dio un motivo para aferrarme a la humanidad. Fuiste la única persona a la que admiré, la que me dio esperanza de que algún día sería algo más que un esclavo en la organización. Yo creía que había un lazo más profundo entre nosotros, una amistad que duraría durante el resto de nuestras vidas. Te odiaba, no por las cicatrices que me habían quedado, sino porque me habías arrebatado todo eso.

Richard miró a su amigo. Se había quedado sin palabras.

Numair tomó asiento. La furia que había en su mirada fue reemplazada por un fervor inefable.

–Pero ahora he recuperado a mi amigo. Y tú me tienes a mí también. Han pasado veintiséis años, pero mejor tarde que nunca. Maldito idiota…

Richard tosió. Intentó sonreír.

–No lo hicimos mal para ser enemigos declarados, ¿no?

Numair le dio una palmadita en la espalda e imitó su acento.

—Lo hicimos muy bien, chaval.

—Al menos tú sí. Estás ahí para la mujer a la que amas, y la proteges. Estarás a su lado cuando nazca tu hijo y lo compartirás todo con ella. Nunca la abandonarás para que tenga que enfrentarse sola a este mundo cruel, como hice yo con Isabella.

Numair volvió a fruncir el ceño.

—Tenías motivos para lo que hiciste, y ella lo entiende al igual que lo hago yo ahora. El hecho de que te haya dejado entrar en la vida de su hijo así lo demuestra.

—Puede que lo entienda, y que incluso llegue a perdonar, pero nunca lo olvidará. No olvidará lo que le hice en el pasado, o lo que le hice cuando volví a invadir su vida. Nunca volverá a quererme de nuevo.

—Basta, Richard. No vas a ayudarles regodeándote en la miseria. A partir de ahora, vivirás para recompensarla por todo eso, y a tu hijo también. Y ella confía en que seguirás a su lado. Eso dice mucho de la opinión que tiene de ti en la persona que eres ahora, la que ha intentado pagar por los errores. Sigue esforzándote, demuéstrale lo mucho que la quieres, a ella y a su hijo. Cuando ella se dé cuenta de que lo mejor es abrirte su corazón de nuevo, lo hará. Quédate donde estás. Cuando vuelva a confiarte su amor, no habrá nada que pueda destruirlo. Lo sé.

Richard se limitó a asentir para que Numair zanjara la cuestión de una vez. No podía soportar ni una palabra más.

***

Cuando finalmente logró reunir el valor suficiente para regresar a la casa de Isabella, fue ella quien le recibió. Había mandado a Mauri a la casa de Rose.

Presa de un ominoso presentimiento, la siguió hasta el salón.

–Te oí hablar con Mauri… con Rico… esta mañana. Si necesitas mi consentimiento para decirle a Rico la verdad, lo tienes, Richard. Yo me amoldaré a tus deseos de estar con él.

Richard se puso en pie y contempló por última vez esos ojos que tenían el poder de arrebatarle la vida. Era el momento de decir adiós, para siempre esa vez. Ella le había aceptado en la vida de su hijo, pero no quería tenerle en la suya propia.

–En realidad creo que tenías razón al no quererme cerca de tu familia. Me alegro de que esa interrupción me haya impedido decir algo irremediable. Así tuve tiempo de pensar que a Rico no le conviene tenerme en su vida, ni tampoco a Rose y a su familia. Siento haber irrumpido en vuestras vidas de esta forma, pero os prometo que a partir de ahora os voy a dejar en paz a todos. Una vez le digas a Mauricio que no soy su padre, ya no le importará cómo le llamen, y no habrá ningún daño irreversible cuando desaparezca de su vida.

Isabella le vio alejarse lentamente, como si todo fuera una pesadilla. La puerta se cerró y todo se quebró a su alrededor. Se desplomó sobre el sofá. Jamás hubiera esperado una reacción así de él. Solo había una explicación posible. Richard había intentado vivir esa vida cotidiana, pero finalmente había decidido que no podía tenerles en su vida de forma permanente. Él no les necesitaba tal y como ellos le necesitaban a él.

Se había marchado sin más, pensando que era el momento oportuno para reducir el daño. Pero había llegado demasiado tarde. Mauri ya sentía un vínculo muy fuerte. La separación sería muy dura para él y ella… Ocho años antes Richard Graves le había hecho mucho daño, pero ese día, ese día había acabado con ella.

Cuando Mauri regresó, Isabella se refugió en su habitación para calmarse un poco antes de hablar con él, pero el chico llamó a su puerta, algo que nunca hacía. Le preguntó a qué hora regresaría Richard al día siguiente, así que no tuvo más remedio que decirle la verdad.

La reacción de Rico fue del todo inesperada.

–¡Él no me dejaría! –gritaba Rico, fuera de sí–. Me prometió que volvería para contármelo todo. Eres tú quien no quería hablarle de mí. Tú no le quieres y siempre callas cuando él está presente, por muy amable que sea contigo. Siempre le miras con ojos tristes hasta que haces que se vaya. Pero yo no voy a dejar que se marche. ¡Es mi padre y lo sé, y voy a hacer que vuelva!

–Mauri… cariño… por favor.

–¡Me llamo Rico! –gritó, soltándose.

Unos segundos más tarde Isabella se dio cuenta de que había salido de la casa. Corrió tras él y cruzó el umbral justo a tiempo para verle cruzar la calle. Sus pies pisaron el asfalto en el momento en que un coche le atropellaba...

Capítulo Once

Era cierto que las catástrofes pasaban a cámara lenta. Los sentidos de Isabella registraron la terrible secuencia en un tiempo irreal. La chirriante disonancia de los frenos, el sonido del metal al golpear el cuerpecito frágil… todo transcurrió a un ritmo macabro. Había sido así cuando su madre había recibido el disparo que le había matado.

Mauri fue arrojado a casi cuatro metros de distancia, como si fuera un trozo de papel en el aire. Golpeó el asfalto primero con la cabeza y finalmente aterrizó sobre la espalda como uno de esos héroes de acción que tanto le gustaban. Llegado ese punto, todo se aceleró de repente y las imágenes se distorsionaron a causa del horror. Isabella no recordaba haberse movido, al menos no conscientemente, pero de pronto se encontró agachada sobre él, arrodillada a su lado. A través de la cacofonía interior y del tumulto exterior, se impuso una voz que gritaba y que decía que era médico y enfermera y le pedía a todo el mundo que retrocediera. Examinó a su hijo inconsciente con toda la profesionalidad de la que pudo hacer acopio. Sus manos trabajaban a toda velocidad, tomando medidas de emergencia, ladeándole la cabeza y despejando las vías de aire, comprobándole el pulso y la circulación… La ambulancia llegó en ese momento, pero Isabella continuó ayudando, inmovilizando, transportando y ayudando a revivir a Rico.

Poco después ya no hubo nada más que hacer hasta llegar al hospital. Sabía que debía llamar a Rose y a Jeffrey, pero la primera llamada fue para otra persona.

Richard.

Aunque se hubiera alejado de ellos, Rico también era parte de él. Aunque hubiera escogido no ser su padre, una vez le había dicho que quería ser su aliado, y solo un aliado con las mejores influencias podía ayudarla en ese momento. Ella era cirujano pediatra y tenía amplia experiencia en trauma, pero la situación requería de otras habilidades también. Rico necesitaba un enfoque multidisciplinar, con un cirujano al mando cuya especialidad fuera neurocirugía, y en ese momento solo le venía a la mente una persona, un especialista que solo Richard podía conseguir.

La llamada fue atendida de inmediato.

—Richard, te necesito. Rico te necesita.

En cuanto Richard notó que su teléfono vibraba supo que era Isabella, aunque su mirada le hubiera dicho que jamás volvería a verla tan solo unas horas antes. Si tenía razón y era ella, entonces algo horrible debía de haber pasado.

Y entonces, al oír su voz… Rico, su hijo, el hijo de ambos… estaba en peligro.

El peor escenario posible se había presentado en su mente.

«No. No. Está bien. Estará bien. Ella le salvará. Él le salvará».

Antonio… tenía que conseguir a Antonio…

De camino al hospital, le llamó. Se trataba del médico de Castillo Negro, una eminencia que había salvado a todos los miembros de la hermandad. Jamás le hubiera confiado la vida de su hijo a ninguna otra persona.

Antonio contestó de inmediato y le aseguró que estaría en Nueva York con toda su unidad móvil en menos de una hora. Sin embargo, si la situación era crítica, debían empezar sin él.

Richard volvió a llamar a Isabella y la incluyó en una conferencia para que pudiera darle a Antonio su diagnóstico directamente. Ella era la experta, la que había presenciado el accidente.

Pero no había sido un accidente. Él era el culpable. Todo había sido culpa suya. Cada vez que se acercaba a ella estaba a punto de destruirlo todo.

Aún bloqueado por el odio a sí mismo, oyó cómo Isabella le daba un informe detallado a Antonio. Su voz se quebraba por momentos.

—Teniendo en cuenta sus constantes, el diagnóstico de hematoma subdural con una contusión cerebral de golpe y contragolpe es correcta. Has conseguido estabilizarle y has detenido la inflamación del cerebro, lo cual mejorará con el tiempo. Pero necesitará cirugía para drenar el hematoma y frenar la hemorragia. No es tan urgente como me temía, así que puedo hacerlo yo. Tráele a la pista. Yo tendré el quirófano listo —dijo el neurocirujano.

La tensión que agarrotaba la voz de Isabella creció.

—Ya estamos en la clínica, y no quiero moverle de nuevo. Nosotros tenemos un quirófano totalmente equipado. Yo le prepararé y te espero allí.

Antonio no discutió.

–Muy bien. Llevaré mi equipo especial. Sigue estabilizándole hasta que yo llegue. Richard, manda un helicóptero para que me recoja en la pista.

–Estarás en el quirófano en menos de diez minutos una vez aterrices.

Ya en la clínica, Rose le interceptó. Rico e Isabella ya estaban en el quirófano, así que todo lo que podía hacer era llevarle a la sala desde la que los estudiantes observaban las operaciones. Nada hubiera podido prepararle para lo que estaba a punto de ver a través del panel de cristal. Aquella imagen quedaría grabada en su cabeza para siempre. Rico, que parecía mucho más pequeño que nunca, yacía inerte sobre la mesa de operaciones e Isabella dirigía a todo el equipo a su alrededor. Allí estaban Jeffrey, Rose, otras enfermeras y un anestesista.

De repente Isabella levantó la cabeza. La única parte de la cara que se le veía a través de la máscara eran los ojos, y en ese momento se encontraron con los de él. Lo que vio en ellos justo antes de que se volviera hacia su hijo de nuevo casi le hizo caer de rodillas.

–Estará bien –le dijo Rose, acariciándole la espalda e invitándole a sentarse.

–¿De verdad?

Los labios de Rose temblaban.

–Ella ya le salvó de lo peor en el lugar del accidente. La cirugía es necesaria, pero creo que su vida ya no corre peligro.

Richard dejó escapar el aliento y bajó la cabeza.

–Es increíble, ¿verdad?

Las palabras de Rose le hicieron levantar la cabeza para mirar a Isabella de nuevo.

Se preguntó cómo había tenido la suerte de dar con ella de nuevo, pero la única explicación que pudo encontrar fue que el destino quería que la perdiera una vez más. Ese era el peor castigo que podía tocarle en la vida.

–Mírala. Está a pleno rendimiento aunque sea su hijo el que yace sobre la mesa de operaciones. Yo no creo que hubiera aguantado de haber estado en su situación. Pero Isabella ha sobrevivido a tantas cosas que es capaz de asumir la responsabilidad inimaginable de tener la vida de Rico en sus manos.

Al darse cuenta de que su hermana acababa de pronunciar el nombre de su hijo, la miró.

Rose esbozó una sonrisa de reproche.

–Casi me desmayé cuando Isabella me dijo la verdad. Y es por eso que estoy aquí arriba, en vez de estar ahí abajo, aunque tampoco puedo negar que me lo figuré desde el primer momento en que os vi juntos. Yo esperaba que me lo dijeras. ¿Por qué no lo hiciste?

–Yo… yo… Preferí que fuera ella quien lo hiciera. Yo estaba a prueba, y ella no sabía si iba a dar la talla. No la di. Fui un fracaso total. Iba a marcharme. Iba a abandonaros a todos. Por eso ha pasado esto. Casi he matado a mi hijo.

–¿Te ibas? Dios, Rex, ¿por qué?

Rafael, Eliana, Numair y Jenan entraron en ese momento, interrumpiendo las palabras de Rose.

Eliana corrió hacia Richard y le abrazó.

–Antonio nos llamó.

Rafael también le dio un abrazo. Sus ojos dejaban claro que Numair se lo había contado todo, pero no había sorpresa alguna esa vez. Rafael siempre había creído en él, por muchas pruebas que hubiera en su contra.

–Llamé a Antonio al llegar y me dijo que aterrizaba dentro de unos minutos –dijo Rafael–. Mi helicóptero está esperando junto a la pista. Me dijo que venía con todo el equipo que usa en las misiones. Ya he avisado a la policía para que no vayan detrás de él o de mi piloto.

–Los otros están de camino –añadió Numair–. ¿Hay algo más que podamos hacer?

Richard sacudió la cabeza. Las emociones le ahogaban en ese momento.

De repente Antonio irrumpió en el quirófano, ya vestido. Como si siempre hubieran trabajado juntos, Isabella y él tomaron sus lugares en torno a la mesa. Mientras preparaba su equipo y examinaba los escáneres, Isabella le informó de todo. Un momento después levantó la vista hacia Richard y asintió con la cabeza.

Una promesa…

Su hijo se pondría bien.

Isabella también levantó la vista. Buscó su mirada.

–Muy bien, todo el mundo fuera –la voz de Antonio llenó la sala de cirugía.

Antes de que Richard pudiera protestar, le dedicó una mirada que no admitía discusiones.

–Sobre todo tú, Richard.

Todos salieron rápidamente, pero Richard se mantuvo en su sitio aunque Rose y Rafael intentaran moverle. No podía dejar a Rico. No podía dejarla a ella.

Su mirada se encontró con la de Isabella, y le suplicó. Le suplicó que le dejara quedarse.

Su gesto de asentimiento fue una bendición que no se merecía, pero en ese momento juró que pasaría el resto de su vida intentando hacerse merecedor de ella.

Isabella murmuró algo y Antonio soltó el aliento.

–La doctora Sandoval dice que puedes quedarte, pero si haces cualquier movimiento o sonido alguno, estás fuera.

Richard asintió sin perder tiempo. Antonio miró a Rose entonces.

–Siento haberla hecho salir con el resto, doctora Anderson, pero solo intentaba que mantuviera en cintura a su hermano. Ahora necesito que lo haga aquí dentro.

Rose agarró a Richard y le hizo sentarse. Miró a Isabella por última vez y trató de trasmitirle toda la fuerza que le quedaba. Ella cerró los ojos un instante, como si tratara de decirle que la había recibido.

Y entonces comenzó la operación.

Richard había vivido situaciones límite muchas veces en su vida, pero nunca había pasado por una angustia tan terrible como la que experimentó durante las dos horas que duró la cirugía. Después de un suplicio inefable, Antonio anunció por fin que habían terminado y trasladaron a Rico a cuidados intensivos.

Richard se dirigió allí a toda prisa.

–Tengo que verle –intentó entrar al tiempo que salía Antonio, pero este le agarró del brazo.

–Te dejé presenciar la operación aunque no fuera una buena idea porque la doctora Sandoval te lo permitió, pero si te dejo entrar ahora, ella volverá a entrar también, y ya me ha costado mucho conseguir que se aparte un momento de tu hijo. No quiero que siga al pie de su cama mientras está inconsciente. Ya ha pasado suficiente.

Isabella y los demás salieron en ese momento.

—La cirugía ha ido mejor de lo que esperaba. Parece que Rico tiene la cabeza de cemento armado de su padre.

Rose y sus amigos de Castillo Negro sonrieron. Antonio se volvió hacia Isabella.

—Pero, ahora en serio, el procedimiento impecable de la doctora Sandoval me ha permitido tener un paciente totalmente estabilizado —se volvió hacia Richard y su mirada se endureció—. Sin ella el pronóstico no sería tan bueno como lo es ahora. Rico tiene mucha suerte de tener una madre con unas capacidades médicas increíbles y unos nervios de acero.

Richard sintió otra punzada de culpa. Quería tomar a Isabella en sus brazos, suplicar su perdón.

Antonio extendió una mano hacia Isabella.

—Ha sido un privilegio trabajar con alguien con sus habilidades en las peores circunstancias, doctora Sandoval, aunque hubiera preferido que nos hubiéramos conocido de otra manera.

Actuando de manera automática, Isabella le estrechó la mano.

—Isabella, por favor. Soy yo quien le estará eternamente agradecida. Usted era la única persona a la que hubiera podido confiarle la vida de mi hijo.

Antonio le restó importancia a sus palabras.

—Cualquier neurocirujano con un mínimo de experiencia hubiera hecho un buen trabajo. Su estado, afortunadamente, no requería de mi pericia, pero ha sido un privilegio poder operarle. También es como si fuera mi sobrino, ¿sabe? Le guste a Richard o no, ya es parte de nuestra hermandad.

Richard le miró, sorprendido, al tiempo que todos confirmaban sus palabras.

—Cualquier deuda que haya es toda tuya, colega —dijo Antonio, volviéndose hacia él.

Richard asintió enérgicamente.

—Sin duda. Soy yo quien está en deuda con todo el mundo aquí, y con el mundo entero, pero la mía es una deuda impagable porque la vida de mi hijo no tiene precio.

Antonio se rio. Estaba claro que estaba disfrutando viendo cómo aquel que siempre llevaba la contraria estaba dispuesto a ser un esclavo hasta el fin de sus días.

Richard le dio un efusivo abrazo a su amigo.

—¿Dónde está ese Richard Graves letal y cascarrabias que conozco y al que a veces odio?

—Ya no existe —dijo Richard.

—No lo creo. Todavía sigue ahí. Pero creo que ya nunca más va a salir cuando estemos todos juntos —dijo Antonio, arqueando una ceja.

Tomó la mano de Richard y la puso sobre la de Isabella.

—Ve a descansar un poco.

—Pero…

Antonio zanjó sus protestas.

—Yo me quedo, aunque no haya necesidad. Prefiero que no parezcáis dos muertos vivientes cuando Rico despierte —los empujó para que se fueran—. A casa, ahora.

Capítulo Doce

Durante todo el camino a casa Isabella permaneció inmóvil, en silencio. Richard tampoco intentó hacerla hablar. Se había hecho añicos tantas veces que temía incluso respirar a su lado.

Una vez dentro de la casa, ella se detuvo en el salón. Tenía los ojos vidriosos, como si estuviera recordando las tardes que habían pasado allí. Sin previo aviso, un sollozo se le escapó de los labios.

Había logrado aguantar hasta ese momento, pero en cuestión de segundos se derrumbó. Arrodillándose frente a ella, Richard la rodeó con los brazos, diciendo su nombre una y otra vez, abrazándola como si quisiera que sus cuerpos se hicieran uno.

Ella se soltó de repente, como si odiara sus caricias, como si no pudiera soportar el consuelo que le ofrecía. Sin embargo, en vez de apartarse, lo empujó al suelo. Richard dejó que lo hiciera. Necesitaba que se vengara, que le causara el mismo daño que él le había causado a ella.

Sin embargo, ella no hizo más que estrellar los labios contra los suyos.

Sorprendido, Richard se quedó sin fuerzas. Se rindió y dejó que ella le colmara de besos frenéticos, bañados en lágrimas. Comenzó a quitarle la ropa, clavándole los dedos en la piel con desesperación, cubriéndole de lágrimas.

–Dámelo todo… todo… lo necesito… ahora, Richard.

¿Qué era lo que necesitaba? ¿Perderse en él para paliar el dolor?

Aquel era un ofrecimiento que no merecía, pero al menos debía darle todo lo que tenía. La tensa cuerda de su autocontrol se rompió por fin. Terminó de quitarse la ropa y la ayudó a quitarse la suya, apretándose contra su cuerpo desnudo como si quisiera absorberla. Ella hincó los dientes en sus labios, gimiendo y buscando una respuesta. Dándole lo que le pedía, Richard enroscó el puño en su cabello, atrapándola.

Apartando sus labios de él, le mordió los deltoides, rasgándole la piel al tiempo que se aplastaba contra él. Gruñendo de placer, Richard sintió que toda esa desolación desesperada se hacía añicos en su interior. La pasión de Isabella, sin freno, vibraba en sus brazos, rivalizando con la suya propia. Haría cualquier cosa… cualquier cosa para que siempre fuera así.

Él la levantó en sus brazos.

–La cama… Isabella, ¿dónde está tu cama?

–No… aquí… Te necesito dentro de mí… ahora mismo.

Richard la obedeció, raudo. Buscó la superficie más cercana y se tumbó sobre ella. Una locura delirante florecía entre ellos al tiempo que ella respondía a cada mordisco y caricia con un grito más fiero cada vez. Se frotaba contra su erección como si no fueran a ver el siguiente amanecer, ofreciéndole todo su ser sin reparo. Richard se sentía apabullado ante tanta franqueza, pero fue un grito ahogado el que le arrebató la poca cordura que le quedaba.

Se tragó su gemido y dejó que reverberara al tiempo que su carne tensa se rendía al paso de su miembro, engulléndole, arrojándole a las llamas. La carnalidad, la realidad, el significado de estar dentro de ella de nuevo… Eso lo era todo.

Y siempre se lo daría todo, porque ella era la persona para quien había nacido.

Se retiró un instante; su miembro se deslizaba suavemente a través del calor de sus labios más íntimos. Ella se aferró a él, pidiéndole que volviera con un gemido.

Dejándose llevar por el delirio más exquisito, Richard volvió a entrar de nuevo y ella se colapsó bajo su cuerpo; su rostro era una amalgama de expresiones que iban desde la agonía hasta el éxtasis más auténtico. Una pasión sin parangón brotaba de sus pulmones.

–Dame todo lo que tienes… No te guardes nada.

Esa necesidad tan primaria le hizo acelerar. El aroma de su cuerpo y los sonidos que emitía su cuerpo perfecto se hacían cada vez más intensos. Su carne se había incendiado a su alrededor.

Cada vez que su sexo le apretaba, la aridez de su propia existencia remitía, y los horrores que había visto se esfumaban. El dolor y la liberación se hicieron cada vez más fuertes hasta hacerle gritar y empujar con todo su poder. Suplicando, ella se aplastó contra él como si quisiera fundir sus cuerpos.

Consciente de que buscaba el desenlace con desesperación, Richard hundió su miembro hasta el fondo. Ella se movía con mucha fuerza, convirtiéndole en un cable de alta tensión. Él empujó más adentro, desencadenando una ola de convulsiones que la hizo sacudirse frenéticamente. La avalancha de placer le golpeó. La fuerza del orgasmo la hizo contraerse a su alrededor, apretándole hasta provocar el suyo propio.

Richard sintió que su cuerpo detonaba desde dentro hacia fuera. Todo se desató y el éxtasis más arrollador le recorrió el sexo hasta salir disparado, apagando así la llama antes de que los consumiera a ambos.

Tras el tumulto, ella se dejó caer, exhausta. Su rostro estaba bañado en lágrimas. Richard logró tomarla en sus brazos y fue en busca del dormitorio.

Una vez allí, la recostó sobre la cama. Todas las piezas que le habían faltado durante tanto tiempo volvían a estar en su sitio, gracias a ella.

Isabella buscó el teléfono con la mano antes de abrir los ojos. Lo encontró sobre la mesita de noche, donde no recordaba haberlo puesto. Lo tomó con manos temblorosas y se echó hacia atrás. Las lágrimas se le salían de los ojos. Tenía una docena de mensajes de Antonio y de su madre. El más reciente lo había recibido tan solo unos minutos antes. Rico estaba bien.

Antes de poder respirar siquiera, se vio asaltada por otro recuerdo que le vació los pulmones.

Richard.

Casi le había atacado. Le había obligado a hacerle el amor… y ya no recordaba nada más.

De repente sintió un movimiento silencioso. Richard, vestido solo con unos pantalones, entraba con una bandeja. El aroma a café caliente y cruasanes recién hechos casi la hizo perder la razón. Sofocando las dudas que la asaltaban, se esforzó por encontrar palabras para romper ese silencio tenso mientras Richard colocaba la bandeja sobre la cama y se sentaba a su lado. Sin levantar la vista, le sirvió una taza de café y le untó mantequilla en un cruasán, añadiendo mermelada de frambuesa, su favorita.

Isabella hubiera querido decirle que no tenía por qué quedarse, ni atenderla, pero no tuvo tiempo. De pronto él le llevó el cruasán a los labios, pero fue su mirada lo que la hizo desistir. Mordió el exquisito pastel.

Unos segundos después él comenzó a hablar.

—Me han dañado de muchas formas posibles y soy culpable de tantas cosas que apenas existen palabras para describirlo, pero Rico... él es la inocencia y el amor personificados. Y tú... Por Dios, Isabella, tú... A pesar de todo lo que has sufrido, eres luz y heroísmo. Y aunque yo no puedo respirar sin ti...

La afirmación era tan grande que Isabella no pudo contener toda esa angustia que la había embargado durante tanto tiempo.

—¡Pero si llevas semanas sin acercarte a mí!

La mirada de Isabella se llenó de incomprensión e incredulidad.

—¿Es que no te diste cuenta de lo mucho que luchaba contra mí mismo para no hacerlo?

Ella sacudió la cabeza. Toda la resignación se esfumó de repente.

—¿Por qué? —le preguntó, asombrada.

—Porque lo arruiné todo, de todas las formas posibles, tanto en el pasado como en el presente. Pero incluso después de haber descubierto la extensión del daño que te había hecho, tú todavía me diste otra opor-

145

tunidad, pero solo por el bien de Rico. Yo me estaba volviendo loco de deseo por ti, pero aunque sabía que aún me deseabas, la intimidad física no había servido más que para alejarte de mí aún más, haciendo que me despreciaras, y a ti misma también. Y yo no te culpé por ello. No sabía si tenía algo más que ofrecer, aparte de todo aquello que rechazabas, así que preferí reforzar la regla que impedía todo contacto para ver si así podía ofrecerte aquello que nunca te había ofrecido antes, para ver si había algo dentro de mí que me hiciera merecedor de ti, de Rico, merecedor de esa gran familia que me aceptó como uno más gracias a ti.

Cada una de esas palabras logró desentrañar la maraña de confusión en la que Isabella se había perdido. Él aún la deseaba.

Richard siguió adelante, disipando las últimas dudas, dándole más de lo que jamás hubiera esperado.

—Pero cuando me di cuenta de la profundidad de mis sentimientos por ti, comencé a preocuparme por las emociones que sentía por Rico, por ese amor arrebatador que te tenía. Comencé a temerme a mí mismo. Y entonces Rico me preguntó si era su padre y Numair me llamó… y todo se descontroló en mi cabeza.

«La profundidad de mis sentimientos por ti… comencé a preocuparme por las emociones que sentía por Rico, por ese amor arrebatador que te tenía».

Las palabras daban vueltas en la cabeza de Isabella, una y otra vez, ejerciendo un poderoso hechizo, envolviéndola.

Richard la amaba.

Con manos temblorosas cubrió su puño cerrado.

–¿Qué pasó? Yo pensé que habías vuelto para decirle la verdad.

Richard continuó mirándola, a la deriva en el mar de su propia incertidumbre.

–Estaba tan perdido en ti, en mis anhelos de un futuro a tu lado, que bajé la guardia del todo. Estuvieron a punto de matarme. Y yo ni siquiera me di cuenta. Numair me salvó la vida, sin yo saberlo.

Isabella sintió que todos los músculos de su cuerpo se disolvían. Una ola de náuseas la invadió de repente.

–Eso fue la gota que colmó el vaso. Me hizo pensar que haga lo que haga, simplemente por ser quien soy, arruinaré la vida de las personas a las que quiero y que causaré más daño con mi presencia. Tenía que mantenerte a salvo, protegerte de mí mismo sobre todo. Y es por eso que tuve que alejarme –su mirada buscó el espacio infinito–. Pensaba que mi autocontrol y mi fuerza no tenían límite, pero todo se vino abajo ante la fuerza de lo que sentía por ti. ¿Qué puedo hacer ahora que veo que me es imposible dejarte?

El corazón a Isabella le dio un vuelco.

–Solo puedes hacer una única cosa durante el resto de nuestras vidas. Puedes amarme, amarme y amarme, y a Rico también, tanto como nosotros te queremos a ti.

Richard, que yacía exhausto bajo su cuerpo hermoso, la miró como si acabara de salir de un trance de amnesia.

–¿Me amas? –le preguntó, totalmente anonadado–. ¿Me amas? ¿Cómo es posible, si lo he hecho todo para merecer tu desprecio?

Isabella se limitó a hacerle una pregunta sencilla.

–¿Tú nos quieres a nosotros? ¿A mí?

Todas las inquietudes que pudieran quedarle a Isabella desaparecieron en ese momento. Lo que vio en sus ojos no dejaba lugar a dudas.

–No es que te ame ahora. Siempre te he amado… desde el primer momento en que te vi. Pero pensaba que tú no me querías en realidad, y pensé que era por eso que no habías venido conmigo, que no me habías buscado de nuevo. Luché contra mí mismo durante años para no admitir este amor, para poder seguir adelante. Pero hace semanas que dejé de luchar. Solo quiero adorarte por el resto de mis días y quiero ser el padre que se merece Rico. No quiero dejarte marchar jamás.

Dejando escapar un grito de alegría, Isabella le robó un beso.

–¿Quieres saber cómo puedo quererte? Es así. Yo también te quise desde el primer momento. Debí de sentir tu amor, y eso me mantuvo atada a ti, a pesar de todos los malentendidos, a pesar de todos los obstáculos –Isabella le colmó de caricias, feliz de ver lo que veía en sus ojos–. Y si quería al hombre que eras con todo mi corazón, adoro al hombre que eres ahora, ese al que Rico descubrió, el hombre magnífico, ese ser humano maravilloso que tu vida terrible había enterrado dentro de ti. Te quiero con todo mi corazón.

Richard sacudió la cabeza con fuerza.

–Rico consiguió derretir esa capa de hielo que me cubría, pero la que logró hacer añicos ese iceberg gigantesco eres tú. En cuanto te vi de nuevo, ya no pude soportarlo más –se alzó sobre ella–. Quiero que tengas clara una cosa. Yo no hubiera tardado en admitir que no podía vivir sin ti aunque no hubiéramos tenido a Rico. Pero le tenemos, y tú le has salvado… Nos has salvado a todos.

Escondió el rostro contra su pecho e Isabella sintió algo que jamás hubiera creído posible: sus lágrimas…

Llorando también, le hizo levantar la cabeza. Las manos le temblaban sobre su rostro.

–Esta perfección me da aún más miedo. No me merezco ni la más mínima parte –le dijo él–. ¿Cómo es posible que pueda tener todo esto?

Después de darle otro beso lleno de fervor, Isabella le miró a los ojos, disfrutando de esa libertad que sentía al desvelarle todo lo que había en su corazón.

–Será mejor que te acostumbres. Me tienes para el resto de tu vida. Y a Rico. Y también tienes a Rose y a su familia. Y a mi familia. Y tu mejor amigo ha vuelto, por no hablar de ese ejército de compañeros que te cuentan entre los suyos.

Los ojos de Richard se llenaron de gratitud y de júbilo.

–Es demasiado.

Isabella le estrechó entre sus brazos y apretó su rostro contra su propio pecho.

–No. No lo es. Solo ves las cosas malas que hiciste, cuando tenías razones poderosas… o al menos cuando no sabías toda la verdad. Pero también hiciste muchas cosas increíbles por mucha gente. Te sacrificaste por tu familia, y después por Rafael y por Numair y por la hermandad… y le diste a Rose una segunda oportunidad y cuidaste de ella durante toda su vida.

Richard se apartó de ella como si no pudiera soportar que saliera en su defensa.

–Pero lo que te hice a ti…

Isabella volvió a estrecharle entre sus brazos, dispuesta a no dejarle ir de nuevo.

–Ya no me importa lo que hiciste cuando pensabas que era cómplice de Burton. Y a ti tampoco debería importarte.

Richard sacudió la cabeza. Su rostro estaba lleno de odio a sí mismo.

Isabella le sujetó las mejillas y le obligó a mirarla a los ojos.

–Lo que importa es que me lo has dado todo.

Richard soltó el aliento de golpe e Isabella se echó a reír. Él, sin embargo, frunció el ceño, como si no aceptara que pudiera bromear sobre ello. Cobra, el agente letal, había resultado ser un noble caballero después de todo.

Sonriendo de oreja a oreja, ella enredó los dedos en su cabello, más largo que antes.

–Sí, lo has hecho. Me has dado un placer y una pasión que jamás había conocido y no creía posibles. Y también hiciste algo que nadie más podría haber hecho. Me liberaste de Burton. Abriste mi vida a nuevas posibilidades.

–¡Eso fue sin querer!

–Sí que intentaste salvarme, y si yo no hubiera estado tan ocupada, me hubiera ido contigo, o al menos hubiera intentado buscarte, y tú me hubieras protegido.

Richard quiso rechazar sus argumentos, pero Isabella le tiró del pelo.

–Pero el mejor regalo que me hiciste fue Rico. Y desde que volviste, me has dado una pequeña familia, y también una muy grande. Ahora me estás dando tu amor, ese regalo tan increíble que jamás le has dado a otra.

La expresión de Richard se suavizó y entonces apareció esa ternura a la que Isabella ya se había acostumbrado.

–Te doy todo lo que tengo y lo que soy. Ya lo tienes. Siempre lo tendrás. Puedes rebuscar en el caos y quedarte solo con aquello que te gusta. Puedes tirar el resto si no lo quieres.

Así, sin más, volvió a ser el Richard Graves de siempre.

Riendo, Isabella volvió a llenarle de besos.

–Voy a quedarme con todo lo que tienes. Amo cada una de esas cosas que te convierten en el hombre al que adoro.

Richard no hizo sino ponerse más serio.

–Lo digo en serio, Isabella. Solo dime aquello que tienes en mente en cuanto se te pase por la cabeza, y sea lo que sea, es tuyo, o está hecho –volvió a tumbarse en la cama, llevándosela consigo.

–Siempre y cuando tú también me digas que quieres cambiar.

–Eres perfecta así como eres. ¡No tienes que cambiar nada!

Isabella se rio a carcajadas.

–Creo que algún día tendré que cambiar, porque me haré mayor.

–Ya te lo he dicho. Solo te harás mejor con los años.

–Eres tú quien se está poniendo mejor con los años –le dio un mordisco en la barbilla y atrapó su gemido de placer con los labios–. Quiero comerte todo el tiempo.

Richard se metió entre sus muslos.

–Pues cómeme entero. Luego me regenero de nuevo –de repente hizo una mueca–. No te he prometido lo más importante.

Isabella le rodeó con ambas piernas, tirando de él.

–Nada es más importante que tenerte.

–Sí. Hay algo que es más importante. La seguridad. La tuya, la de Rico y la de todos a los que quieres. Te prometo que ese descuido no se va a volver a repetir. Si siento que no es posible, me buscaré una nueva identidad y empezaré de cero.

Aterrorizada de nuevo, Isabella se aferró a él.

–Oh, Dios, Richard, ¿cómo fue eso?

Él se lo contó todo y ella respiró, aliviada.

–No habrá más gente que quiera matarte, ¿no?

–En realidad a todo el mundo le conviene cuidarme, para que pueda cuidar de ellos.

–Si es así, ¿por qué tienes esa obsesión con la seguridad?

Él arqueó las cejas e Isabella sonrió.

–Sí. Me he fijado en la seguridad que tenemos. Sé cuándo me están vigilando. Eso me viene de los años que pasé en Colombia, y después huyendo.

Richard sintió una punzada en el corazón al recordar la odisea por la que había pasado.

–Es una paranoia que tengo desde que escapé de la organización. Sé lo que supondría que se enteraran de mi deserción, y que supieran quién soy ahora, así que prefiero prevenir antes que lamentar.

–Pero tú estás más seguro que nadie en este planeta, excepto por esto que te ha pasado.

–No debería haberme pasado a mí.

–Y no volverá a pasar, si es que te conozco bien, así que no estamos en peligro. ¿Qué es lo que te preocupa tanto entonces?

Los labios de Richard dibujaron una mueca.

–Siempre me preocuparé, porque Rico y tú no estáis dentro de mí, donde podría vigilaros todo el tiempo y donde podría manteneros a salvo durante el resto de mi vida.

Después de darle otro abrazo de oso, Isabella retrocedió con una sonrisa.

–Bienvenido al amor, y a la paternidad.

Richard apretó los párpados y los dientes.

–Siempre es así de malo, ¿no?

–Y peor aún.

–Me encanta. Te quiero. Cariño…

El teléfono de Isabella sonó en ese momento. Ambos se quedaron inmóviles un segundo y entonces se lanzaron a por él al mismo tiempo.

Era Rico. Temblando, Isabella activó el altavoz. Parecía adormilado, pero había vuelto a ser ese chiquillo encantador de siempre.

–El tío Antonio me ha dicho quién es y me contó lo que pasó. Me dijo que no esperaba que me despertara tan rápido y que tengo la cabeza tan dura como mi padre. Tú eres mi padre, ¿verdad, Richard?

Richard se tapó la cara con ambas manos un instante.

–Soy tu padre, Rico. Y así quiero que me llames a partir de ahora, ¿de acuerdo? Siento haberme ido, pero tu madre y yo vamos para allá ahora. Te lo contaré todo en cuanto estés recuperado. Pero quiero que sepas una cosa: no voy a volver a dejarte. Nunca.

Se oyó un grito de alegría al otro lado de la línea. A

continuación el niño les dijo que se dieran prisa y entonces fue Antonio quien se puso al auricular para pedirles que fueran al hospital solo si habían descansado lo suficiente.

Tras la llamada, Richard miró a Isabella. Tenía los ojos rojos y su expresión seguía siendo de incredulidad.

–Esto es demasiado, mi amor. Demasiadas bendiciones.

Isabella se aferró a él.

–¿Puedes con otra más? A lo mejor vas a tener que hacer sitio dentro de ti para otra persona que te querrá para siempre.

Richard retrocedió, sorprendido. Ella se mordió el labio y le tiró del vello del pecho.

–Sospecho que hemos hecho otro bebé.

–¿Sospechas?

–¿Quieres averiguarlo con seguridad?

Richard se levantó a toda prisa. Llamó a Murdock y le dijo que le mandara el helicóptero.

Isabella se rio a carcajadas.

–¿Pero qué haces?

–Voy a comprar una prueba de embarazo.

–¿En helicóptero?

–Es por Rico.

–Pero ya no tenemos prisa. Y tengo una prueba de embarazo en el cajón superior del armario del baño.

Sin dejarla terminar de hablar Richard corrió rumbo al cuarto de baño. Regresó unos segundos más tarde.

Temblando, ella se incorporó. Su sonrisa era insegura.

–Tenía que ir al baño de todos modos.

–¿Por qué? Vaya. Claro. Por supuesto –dijo Richard–. Creo que mi cabeza ya no tiene remedio.

Ella le dio un beso en el pecho y fue hacia el aseo.

–De eso nada. Pero ahora te quiero más porque la tienes hecha un lío.

Con el corazón en la garganta, Isabella entró en el baño. Diez minutos más tarde salió con la prueba en la mano.

–Dime.

Ella se refugió en sus brazos antes de hablar.

–Quería averiguarlo contigo.

–Adelante.

Ella abrió el puño.

Había dos líneas de color rosa tan claras como las que había visto cuando se había enterado de que estaba embarazada de Rico.

Richard dejó escapar un grito de alegría y la estrechó entre sus brazos.

Después de muchas lágrimas y besos, levantó la cabeza y la miró a los ojos.

–Siempre viviré con el arrepentimiento por no haber estado ahí durante todo el embarazo de Rico, por haberme perdido siete años de su vida.

Isabella le puso un dedo en los labios.

–Pero ahora el destino me ha dado otro milagro más y me ha dado la oportunidad de arreglar los errores. Ahora podré vivir esta experiencia contigo, y con Rico, desde el primer momento. Estaré ahí para todos vosotros, cada segundo de mi vida, durante el resto de mis días. Esta vez voy a hacer las cosas bien.

Isabella se aferró a él, el hombre de su destino, el padre de su hijo y de su bebé en camino.

–Solo quiéreme. Quiérenos. Tú eres todo lo que necesito, todo lo que van a necesitar nuestros hijos. Si te tenemos a ti, todo estará bien siempre.

Richard la miró. Su expresión era una promesa en sí misma.

–Viviré para quererte. Y me tienes. Tienes todo lo que soy. Soy todo tuyo, para siempre.

Deseo

PARTE DE MÍ

CAT SCHIELD

El millonario Blake Ford disponía de tan solo un verano para conseguir lo que se proponía. Había elegido a Bella McAndrews, una hermosa mujer criada en el campo, como madre de alquiler para su hijo, y unos meses después la convenció para que trabajase para él como niñera. Así solo era cuestión de tiempo alcanzar su verdadero deseo: hacerla su mujer. Blake sabía que su hijo merecía el amor de una madre y estaba decidido a conseguir también para él el amor de Bella… hasta que un oscuro secreto del pasado quedó desvelado, poniéndolo todo patas arriba.

¿Acabaría siendo su esposa?

¡YA EN TU PUNTO DE VENTA!

Acepte 2 de nuestras mejores novelas de amor GRATIS

¡Y reciba un regalo sorpresa!

Oferta especial de tiempo limitado

Rellene el cupón y envíelo a
Harlequin Reader Service®
3010 Walden Ave.
P.O. Box 1867
Buffalo, N.Y. 14240-1867

¡Si! Por favor, envíenme 2 novelas de amor de Harlequin (1 Bianca® y 1 Deseo®) gratis, más el regalo sorpresa. Luego remítanme 4 novelas nuevas todos los meses, las cuales recibiré mucho antes de que aparezcan en librerías, y factúrenme al bajo precio de $3,24 cada una, más $0,25 por envío e impuesto de ventas, si corresponde*. Este es el precio total, y es un ahorro de casi el 20% sobre el precio de portada. !Una oferta excelente! Entiendo que el hecho de aceptar estos libros y el regalo no me obliga en forma alguna a la compra de libros adicionales. Y también que puedo devolver cualquier envío y cancelar en cualquier momento. Aún si decido no comprar ningún otro libro de Harlequin, los 2 libros gratis y el regalo sorpresa son míos para siempre.

416 LBN DU7N

Nombre y apellido	(Por favor, letra de molde)

Dirección	Apartamento No.

Ciudad	Estado	Zona postal

Esta oferta se limita a un pedido por hogar y no está disponible para los subscriptores actuales de Deseo® y Bianca®.
*Los términos y precios quedan sujetos a cambios sin aviso previo.
Impuestos de ventas aplican en N.Y.

SPN-03   ©2003 Harlequin Enterprises Limited